Deutsche Liebe

푸른숲
징검다리
클래식
031

독일인의 사랑

Deutsche Liebe

F. 막스 뮐러 지음
장혜경 옮김

푸른숲주니어

| 기획위원의 말 |

'푸른숲 징검다리 클래식'을 펴내며

　어린 시절, 할머니께서 조근조근 들려주시던 옛날이야기는 새로운 세상과 통하는 작은 창이었다. 상상의 날개를 달고 떠나는 창 너머 세상으로의 여행은 들어도 들어도 질리지 않는 재미와 마음속 깊은 곳을 울리는 감동을 선사해 주곤 했다. 그뿐 아니라 우리의 삶을 어떻게 꾸려 가야 하는지 곰곰이 생각해 보게 하는 지혜를 가르쳐 주었다. 말하자면 우리는 그 이야기들을 통해 '삶'을 배운 셈이다.
　우리가 문학 작품을 읽어야 하는 까닭 또한 '삶을 배운다'는 점에서 크게 다르지 않다. 우리는 한 편 한 편의 문학 작품을 만나 사랑을 배우고, 우정을 배우고, 진실을 배우고, 지혜를 배운다.
　그런 점에서 '푸른숲 징검다리 클래식'은 참 의미가 깊다. 오랜 세월을 거치며 각 나라의 문학사에 확고히 자리매김한 작품들을 한데 모았기 때문이다. 문학을 사랑하는 사람들이 즐겨 읽어 세계적인 명저로 일컬어지는 작품들……. 이를테면 우리 부모 세대, 아니 그 이전 세대부터 즐겨 읽었던 작품들로 많은 이들에게 삶의 의미와 가치를 일러주고, 또 '인생'이란 망망대해에서 등대 역할을 담당했던 것들이다.

세월이 흘러 사람들이 사는 모습도 달라지고 생각도 달라졌다. 그러나 시대와 장소를 뛰어넘어 변하지 않는 것이 있다. 바로 '삶'이다. 사람이 있는 곳이라면 어디든지 존재하는 삶은 항상 저마다의 무게를 떠안고 있다. 그 무게는 진실이라는 옷을 입고 문학 작품 속에 영원한 생명을 불어넣는다. 우리는 그것을 '고전'이라 부른다.

그러나 제아무리 훌륭한 고전이라 해도 독자가 읽고 소화할 수 없다면 아무런 소용이 없다. 지나치게 방대한 분량과 길고 어려운 문장은 책을 읽으려는 청소년들의 의지를 꺾을 뿐 아니라 좌절감마저 불러일으킨다.

'푸른숲 징검다리 클래식'은 바로 그러한 점을 염두에 두고 기획된 세계 명작 시리즈이다. 발표될 당시의 원문을 그대로 옮겨 오는 대신, 작품이 본디 지닌 맛과 재미를 고스란히 살리면서 우리 청소년들이 읽고 소화하기 쉽게 분량을 조절하고 글을 다듬었다.

그리고 본문 뒤에는 현직 국어 교사들이 직접 쓴 해설을 붙였다. 작가나 작품에 대한 풍부한 설명은 물론, 그 작품들이 지니고 있는 현재적 의미까지 상세하게 짚어 보이고 있다. 아울러 해설 곳곳에 관련 정보를 담은 팁과 시각 자료를 배치해, 읽는 재미를 넘어 보는 재미까지 만끽할 수 있도록 했다.

아무쪼록 '푸른숲 징검다리 클래식'을 통해 우리 청소년들의 삶이 더욱더 깊고 풍성해지기를…….

2006년 4월
기획위원 강혜원·계득성·전종옥·송수진

| 차례 |

기획위원의 말　004

제 1 장　머리말 ································· 009
제 2 장　첫 번째 회상 ························· 011
제 3 장　두 번째 회상 ························· 018
제 4 장　세 번째 회상 ························· 027
제 5 장　네 번째 회상 ························· 037
제 6 장　다섯 번째 회상 ····················· 050
제 7 장　여섯 번째 회상 ····················· 074
제 8 장　일곱 번째 회상 ····················· 082
제 9 장　마지막 회상 ························· 114

《독일인의 사랑》제대로 읽기　137

제 1 장
머리말

　지금은 무덤 속에 고요히 잠들어 있지만, 얼마 전까지만 해도 살아 숨 쉬던 사람……. 살면서 그런 사람이 쓰던 책상 앞에 한 번도 앉아 본 적 없는 이가 있을까? 그 책상의 서랍 속을 한 번도 열어 본 적 없는 사람이 있을까? 지금은 묘지의 고즈넉한 정적 속에서 편히 쉬고 있을 한 사람의 소중한 비밀을 오랜 세월 간직해 온 그 서랍을…….
　서랍 안에는 그 사람이 소중히 여겼던 편지들이 들어 있다. 그림과 리본, 그리고 책장에 이런저런 글귀를 끼적여 놓은 책들도 있다. 그 글을 읽고 의미를 이해할 사람이 있을까? 그 누가 뿔뿔이 흩어진 빛바랜 장미 꽃잎들을 다시 맞추어 그 향기를 되살릴 수 있을까?

옛 그리스 인들이 죽은 이의 시신을 화장하기 위해 피웠던 불꽃, 고인이 살아생전에 가장 아끼던 것들을 집어삼켜 태우던 그 불꽃은 지금도 이 유물들의 가장 안전한 안식처이리라.

이제 영원히 감겨 버린 그 눈동자 외에는 그 누구도 들여다본 적 없는 종이쪽을 살아남은 친구가 머뭇머뭇 집어 들어 훑어본다. 그 종이쪽에 중요한 내용이 담겨 있지 않다는 확신이 들면 그것을 허둥지둥 이글거리는 석탄 속에 던져 버린다. 종이쪽은 잠시 불꽃을 화르르 피워 올렸다가 영영 사라지고 만다!

여기 실은 글은 그런 불길에서 구해 낸 것들이다. 처음에는 고인의 친구들끼리만 돌려 볼 생각이었다. 그러나 낯선 사람들 중에서도 이 글을 아끼는 이들이 생겨났기에, 널리 알리는 것이 마땅하겠다 싶어서 소개를 하려고 한다.

이 책의 엮은이로서 더 많은 글들을 담고 싶었지만, 워낙 찢기고 손상된 것이 많아서 한데 모으기가 쉽지 않았다.

1866년 1월, 옥스퍼드에서
F. 막스 뮐러

제 2 장
첫 번째 회상

　어린 시절에는 누구나 나름의 비밀과 기적을 간직한다. 그러나 누가 그것을 말로 풀어 낼 수 있으며, 그 뜻을 이해할 수 있을까? 우리는 모두 이 고요한 기적의 숲을 거닐었다. 한때는 몽롱한 행복에 취해 눈을 떴으며, 인생의 아름다운 시절이 우리의 영혼을 가득 적시었다.

　그때는 우리가 어디에 있는지, 또 누구인지도 몰랐다. 온 세상이 우리의 것이었고, 우리는 온 세상의 일부였다. 그것은 영원한 삶이었다. 시작도 끝도 없는, 정지도 고통도 모르는 삶. 우리의 마음은 봄날의 하늘처럼 화창했고, 제비꽃 향기처럼 싱그러웠으며, 일요일 아침처럼 평온하고 성스러웠다.

그런데 무엇이 신이 주신 이 아이의 평화를 깨뜨리는가? 어째서 아무것도 모르는 이 순진무구한 존재가 종말을 고해야 하는가? 과연 그 무엇이 혼자이면서도 함께인 이 행복의 바깥으로 우리를 몰아내어 갑자기 어두운 삶 속에 홀로 내버려 두는가?

진지한 얼굴로 죄악 때문이라고 말하지 말라! 어린아이가 죄를 저지를 수 있단 말인가? 차라리 모르겠다고, 우리는 그저 묵묵히 섭리에 따라야 할 뿐이라고 말하라!

꽃봉오리를 꽃으로 피어나게 하고, 꽃을 열매로, 열매를 먼지로 만드는 것이 죄인가? 애벌레를 번데기로 만들고, 번데기를 나비로, 나비를 먼지로 만드는 것이 죄란 말인가? 아이를 어른으로, 어른을 노인으로, 노인을 먼지로 만드는 것이 죄인가? 그렇다면 먼지란 무엇인가?

차라리 모르겠노라고, 우리는 묵묵히 섭리에 따라야 할 뿐이라고 말하라!

하지만 인생의 봄날을 떠올리는 것은, 인생의 깊은 속내를 되돌아보고 추억에 잠기는 것은 참으로 아름다운 일이다. 그렇다. 인생의 무더운 여름에도, 스산한 가을에도, 추운 겨울에도 이따금씩 봄날이 찾아오기에 심장은 이렇게 말한다.

'봄날 같은 기분이야.'

오늘이 바로 그런 날이다. 나는 향긋한 숲속 부드러운 이끼 위에 누워 찌뿌듯한 팔다리를 한껏 뻗는다. 그러고는 초록빛 나뭇잎 사이로 끝없이 펼쳐진 하늘을 바라보며 생각에 잠긴다. 나의 어린 시절은 과연 어떠했던가?

그 시절의 모든 것이 잊힌 듯하다. 기억의 처음 몇 장은 집안 대대로 물려 내려온 낡은 성경책과 같다. 책장을 넘기기 시작하면 군데군데 빛이 바랜 데다 너덜너덜하고 지저분하다. 책장을 계속 넘겨 아담과 이브가 낙원에서 추방되는 대목에 이르면 그제야 비로소 읽을 만하게 깔끔해진다. 발행한 곳과 발행 연도가 적힌 표제지만이라도 있으면 좋으련만!

그러나 그 장은 아예 사라져 버렸다. 대신에 말끔한 사본 한 장이 나타난다. 바로 세례 증명서이다. 거기에는 우리가 태어난 날짜와 부모님과 대부모의 이름이 적혀 있다. 그것은 스스로를 발행한 곳과 연도가 분명치 않은 책처럼 하찮게 취급해서는 안 된다는 의미를 담고 있을 테지.

그렇다고는 해도 시작은, 아니 시작이라는 것은 차라리 없는 편이 더 나을지도 모른다. 시작을 하려는 순간, 생각과 기억이 모두 멈추어 버리기 때문이다. 그리하여 어린 시절을, 또 그곳에서 출발하여 끝없는 과거를 향해 거슬러 올라가는 꿈을 꾸다 보면, 이 심술궂은 시작이라는 녀석은 언제나 저만치 달아나 생각이 그 뒤를 쫓아 아무리 달려도 절대로 따라잡을 수가 없다.

그것은 마치 어린아이가 푸른 하늘과 땅이 맞닿는 지평선을 찾아 달리고 또 달리는 것과 다를 바 없다. 아무리 달려도 하늘은 늘 아이보다 앞서 달려가고, 지평선은 여전히 저기 멀리 있다. 아이는 점점 지쳐 갈 뿐 끝끝내 그곳에 이르지 못한다.

하지만 언젠가 그곳, 우리가 시작되었던 그곳에 도달한다 한들 무슨 소용이 있을까? 기억이라는 것은, 엄청난 파도를 헤치고 나왔지만 눈에 물이 들어가 눈을 뜨지 못하는 강아지처럼 그저 부들부들 떨고 있을 뿐이다. 그 모습이 참으로 이상하다.

그렇긴 해도 난생처음 별을 보았던 때는 아직 기억할 수 있을 것 같다. 아마도 별들은 그 이전부터 자주 나를 내려다보았을 테지만. 그날은 어머니의 품에 안겨 있는데도 여전히 춥게 느껴지던 밤이었다. 몸이 부르르 떨리면서 한기가 들었다. 아니, 어쩌면 두려웠는지도 모른다. 아주 잠시 동안, 내 안의 무언가가 자그마한 나를 평소보다 더 또렷하게 느끼도록 했다.

그때 어머니가 손으로 빛나는 별들을 가리켰다. 나는 무척 감탄하면서, 어머니가 저토록 아름다운 별들을 만들어 놓은 거라고 생각했다. 그러자 다시 몸이 따뜻해지면서 잠이 들었던 것 같다.

언젠가 풀밭에 누워 있던 때도 기억이 난다. 주위가 온통 물결 치듯 흔들거렸고, 윙윙거리는 소리와 붕붕대는 소리가 요란했다. 그때 발이 여럿 달린 작은 날벌레들이 떼로 몰려들어 내 이마와 눈두덩에 내려앉아서는 "안녕?" 하며 인사를 건넸다. 그러자 곧바로 눈이 아파 와서 나는 어머니를 소리쳐 불렀다. 어머니는 내 눈을 보고 이렇게 말했다.

"이런, 모기에 물렸구나."

나는 눈을 뜰 수가 없어서 파란 하늘을 제대로 바라보지 못했다. 그때 어머니는 싱그러운 제비꽃 한 다발을 들고 있었는데, 그 짙푸른 빛의 신선한 향기가 내 머릿속을 가득 채우며 스쳐 지나가는 느낌이 들었다. 지금도 초봄의 제비꽃을 보면 그날의 기억에 사로잡혀 눈을 감곤 한다. 그러면 그 옛날의 파란 하늘이 다시 내 영혼 위로 솟아오를 것 같은 기분이 든다.

그다음으로 또 한 번 새로운 세상이 열리던 날을 기억한다. 그 세상은 별들의 세상이나 제비꽃 향기보다 훨씬 더 아름다웠다. 어느 부활절 아침에 일어난 일이었다.

그날 아침, 어머니는 나를 일찌감치 깨웠다. 창문 너머로 우리 마을의 오래된 교회가 보였다. 높은 지붕 위에 우뚝 솟은 탑 꼭대기에는 금빛 십자가가 달려 있었는데, 마을의 다른 집들보다 훨씬 낡고 우중충해 보였다.

한번은 그곳에 누가 살고 있는지 궁금해서 쇠창살로 된 문틈으로 안을 들여다본 적이 있었다. 교회 안은 텅 빈 채 을씨년스러운 기운만 감돌았다. 사람의 그림자라고는 찾아볼 수 없었다. 그날 이후 나는 그 문 앞을 지날 때마다 오싹한 기분이 들곤 했다.

그 부활절 아침, 새벽녘에 비가 내리다가 그치고 해가 찬란하게 떠올랐다. 그러자 오래된 교회의 칙칙한 슬레이트 지붕과 높은 창문, 낡은 십자가가 달린 탑이 믿을 수 없을 만치 아름다운 빛으로 반짝거렸다. 갑자기 높은 창문들을 통해 흘러나온 빛이 파도처럼 출렁이며 살아 움직이기 시작했다.

그 빛은 똑바로 쳐다볼 수 없을 정도로 찬란해서, 나는 그만 눈을 감고 말았다. 그러자 그 빛이 내 영혼으로 밀려 들어왔다. 내 안에 존재하는 모든 것이 빛을 발하고 향기를 풍기며 노래를 부르고 소리를 내는 것 같았다. 내 안에서 새로운 생명이 시작된 듯, 내가 다른 사람이 되어 버린 듯했다. 나는 어머니에게 저것이 무엇이냐고 물었다. 어머니는 교회에서 부르는 부활절 찬송가라고 말했다.

당시 내 영혼을 훑고 지나갔던 그 청아하고 거룩한 노래가 어떤 노래였는지 알아내지는 못했다. 그것은 아마도 마르틴 루터(독일의 종교 개혁가. 가톨릭교회의 면죄부 판매를 비판하며 교황에 맞서다가, 훗날 루터파 교회를 창설하였다.—옮긴이)의 경직된 영혼까지도 허물어뜨렸던 옛 찬송가 중 하나였을 것이다.

그날 이후로는 단 한 번도 그 노래를 듣지 못했다. 하지만 지금도 베토벤의 아다지오나 마르첼로의 성가 혹은 헨델의 합창곡을 들을 때면, 높다란 교회의 창문이 다시 빛을 발하고 오르간 소리가 내 영혼으로 밀고 들어오는 듯하다. 그러면서 새로운 세상이 열리는 것 같은 기분이 든다. 별이 빛나는 하늘보다, 제비꽃 향기보다 더 아름다운 세상이…….

이런 것들이 내가 떠올릴 수 있는 가장 어린 시절의 기억이다. 그 사이사이로 사랑하는 어머니의 얼굴과 인자하면서도 엄한 아버지의 눈빛이 어른거린다. 그리고 정원과 포도 잎사귀, 푹신푹신한 초록빛 잔디밭, 오래되어서 더욱 귀한 그림책……. 이런 것들이 기억의 빛바랜 첫 장에서 그나마 읽어 낼 수 있는 전부이다.

그러나 그다음부터는 갈수록 밝고 선명해진다. 이름과 얼굴들이 나타난다. 아버지와 어머니뿐만 아니라 형제자매, 친구와 선생님, 그리고 수많은 타인들이 등장한다. 아, 그렇다. 그 타인들에 관하여 기억 속에는 얼마나 많은 것들이 아로새겨져 있는지!

제 3 장

두 번째 회상

  우리 집에서 멀지 않은 곳, 금빛 십자가가 달린 오래된 교회의 맞은편에 교회보다 더 크고 탑도 많은 웅장한 건물이 한 채 서 있었다. 그 건물의 탑들 역시 우중충하고 낡았지만 꼭대기에 황금빛 십자가 대신 독수리 석상들이 앉아 있었다. 높다란 대문 바로 위로 솟아오른 가장 높은 탑 꼭대기에서 희고 푸른 색깔의 커다란 깃발이 펄럭거렸다. 대문은 계단을 걸어 올라가게 되어 있었는데, 기마병 두 명이 문 양쪽에서 보초를 서고 있었다.
  그 집에는 창문이 무척 많았고, 창문 안쪽으로는 금빛 술이 달린 붉은색 비단 커튼이 드리워져 있었다. 안마당에는 늙은 보리수나무들이 빙 둘러서 있어서, 여름이면 초록 나뭇잎이 회색 담벼락에 그늘을 만들었고, 향기로운 흰 꽃잎들은 잔디밭에 흩뿌려졌다.

나는 그 집 안을 자주 들여다보곤 했다. 보리수 향기가 진동하고 창문마다 등불이 켜지는 저녁 무렵이면 사람들의 그림자가 어른거렸다. 집 안에서 흘러나오는 음악 소리가 내가 서 있는 아래쪽까지 들려왔다.

마차가 달려와 대문 앞에 멈춰 서면 사람들이 마차에서 내려 서둘러 계단을 올라갔다. 하나같이 아름답고 멋진 모습이었다. 신사들은 가슴에 별 모양의 훈장을 달고 있었고, 숙녀들은 머리에 싱싱한 꽃을 꽂고 있었다. 그럴 때면 나는 문득 이런 생각이 들었다.

'난 왜 저 안으로 들어가지 못할까?'

어느 날 아버지가 내 손을 잡고 말했다.

"우린 저 성에 갈 거야. 후작 부인께서 너에게 말을 거시면 예의 바르게 대답해야 한다. 그리고 그분의 손에 입을 맞추어 드리도록 해라."

당시 나는 여섯 살쯤 되었는데, 그 말을 듣고 그 또래의 아이가 할 수 있는 최대치로 기쁨을 표현했다. 나는 이미 저녁마다 불빛이 환한 창문에 비치던 그림자들의 주인공이 누구인지 수도 없이 상상해 왔다. 또 부모님에게서도 후작과 후작 부인이 얼마나 훌륭한 분들인지 익히 들어온 터였다.

그들은 자비심이 많아 가난하고 병든 사람들에게 도움과 위안을 베푼다고 했다. 또한 신이 그들에게 선한 사람을 지키고 악한 사람들을 벌하는 임무를 내렸다고도 했다. 그렇게 오래전부터 성 안에서 어떤 일이 벌어지고 있을지 상상의 나래를 펼쳐 왔던 터라, 후작과 후작 부인은 내가 갖고 노는 호두까기 인형이나 납으로 만든 장난감 병정처럼 내게는 아주 친숙한 존재였다.

아버지의 손을 잡고 높은 계단을 올라가는데 심장이 세차게 고동치기 시작했다. 아버지는 후작 부인을 '비전하', 후작을 '전하'라고 불러야 한다고 말했다. 그 순간 대문이 활짝 열리더니 반짝이는 눈동자를 가진 키가 큰 여인이 나타났다.

그 여인이 내게 다가와 손을 내밀었다. 그녀의 얼굴에는 내가 오랫동안 알고 지낸 표정이 어려 있었고, 뺨에는 신비로운 미소가 감돌았다. 나는 더 이상 가만히 있을 수가 없었다. 그런데 아버지는 무슨 이유에서인지 여전히 문간에 서서 고개를 조아리고 있을 뿐이었다. 나는 심장이 밖으로 튀어나올 듯 쿵쾅거려서 당장 아름다운 부인에게 달려갔다. 그러고는 목을 끌어안고 어머니에게 하듯 입을 맞추었다. 늘씬한 자태의 아름다운 부인은 내 행동을 흔쾌히 받아 주며 머리를 쓰다듬고 미소를 지어 보였다.

그때 아버지가 다가와 내 손을 와락 잡아당기며 이 무슨 버릇없는 짓이냐고, 다시는 이곳에 데려오지 않겠다며 화를 냈다. 순간 머릿속이 뒤죽박죽 엉망이 되었고, 피가 거꾸로 솟아 뺨이

화끈거렸다. 아버지의 처사가 부당하다고 여겨졌다.

  나는 후작 부인이 나를 두둔해 줄 것이라 기대하며 말없이 바라보았다. 그러나 후작 부인은 부드러우면서도 엄한 표정을 짓고 있을 뿐이었다. 다른 신사 숙녀들이 내 편을 들어 줄지도 모른다고 생각하면서 방 안을 휘둘러보았다. 하지만 그들은 나와 눈이 마주치자 웃음을 터뜨릴 뿐이었다. 눈물이 솟구쳤다. 나는 문밖으로 뛰쳐나가 계단을 내려간 뒤, 안마당의 보리수나무들을 지나 집으로 달려갔다. 그러고는 어머니의 품에 쓰러지듯 안기며 흐느꼈다.

  어머니가 물었다.

"무슨 일 있었니?"

"어머니, 후작 부인을 뵈었는데 친절하고 아름다운 분이셨어요. 꼭 어머니처럼요. 그래서 나도 모르게 부인의 목을 끌어안고 입을 맞추고 말았어요."

"저런, 그런 짓을 하면 안 되는 거란다. 그분은 남이잖니? 게다가 지체 높은 분이고 말이야."

"남이 뭔데요? 사랑이 담긴 다정한 눈길로 나를 바라보는데, 그 사람을 좋아하면 안 되는 거예요?"

"좋아할 수는 있지. 하지만 그걸 겉으로 드러내서는 안 되는 거야."

"사람들을 좋아하는 게 나쁜 일이에요? 왜 그 마음을 드러내면 안 되는 건데요?"

"그래, 네 말도 맞아. 그렇지만 아버지 말씀대로 해야 돼. 네가 좀 더 크면 저절로 알게 될 거야. 아름다운 여자들이 다정한 눈길로 너를 바라본다고 해서 덥석 끌어안으면 안 되는 이유를 말이야."

우울한 날이었다. 아버지는 집으로 돌아와서도 내가 버릇없이 굴었다고 야단을 쳤다. 밤이 되자 어머니는 잠자리를 봐 주었다. 나는 기도를 올리고 침대에 누웠다. 하지만 좀처럼 잠을 이룰 수가 없었다. 좋아해서는 안 되는 남이란 대체 어떤 존재인지 고민하고 또 고민했다.

가엾은 인간의 마음이여! 이제 겨우 봄날인데, 벌써 꽃잎이 뜯기고 날개의 깃털이 뽑혀 버렸구나!

인생의 새벽빛이 영혼 안에 숨어 있던 꽃받침을 활짝 열어 줄 때면 마음속에 있는 모든 것들이 사랑의 향기를 풍긴다. 우리는 일어서서 걷는 법을 배우고, 말하고 읽는 법을 배운다. 하지만 사랑을 가르쳐 주는 이는 없다. 사랑은 생명처럼 이미 우리에게 속해 있기 때문이다.

사랑은 인간 존재의 가장 깊은 본질이라고들 말한다. 천체가 서로를 끌어당기고 서로에게 기울며 영원한 중력의 법칙에 따라 서로 결합되는 것처럼, 천상의 영혼들 역시 서로에게 끌리고 서로를 끌어당기며 영원한 사랑의 법칙에 따라 결합된다.

햇빛이 없으면 한 송이 꽃도 피어날 수 없듯, 사랑이 없으면 인간은 살아갈 수 없다. 어린아이가 낯선 세계의 차가운 소나기를 처음 맞닥뜨렸을 때, 어머니와 아버지의 눈에서 마치 신의 햇살과 사랑이 내비치는 듯한 따스한 기운을 느끼지 못한다면 아이의 심장이 어떻게 그 두려움을 견뎌 낼 수 있을까? 그러고 나서 아이의 가슴에서 깨어난 그리움, 그것이야말로 가장 순수하고 깊은 사랑이다.

그것은 온 세상을 감싸 안는 사랑이다. 한 사람의 두 눈동자가 반짝일 때 불타오르는 사랑이며, 한 사람의 목소리에 환호하는 사랑이다. 그것은 헤아릴 수 없이 아득히 먼 옛날부터 내려온 사랑이며, 어떤 추로도 깊이를 잴 수 없는 깊디깊은 우물, 퍼내고 또 퍼내도 마르지 않는 샘이다.

사랑을 아는 이라면 사랑에는 잣대가 없음을, 모자람도 넘침도 없음을 잘 알고 있다. 사랑하는 사람은 오로지 온 마음과 온 영혼, 온 힘과 온 정성을 다해야만 사랑할 수 있다는 사실을 깨닫고 있는 것이다.

아, 그러나 우리가 미처 인생길의 절반에 이르기도 전에 이 사랑은 벌써 사라지고 없다. 아이는 '낯선 타인'의 존재를 배우는 순간부터 더 이상 아이일 수 없다. 사랑의 샘에는 뚜껑이 덮이고, 세월이 흐르면서 완전히 파묻히고 만다.

우리의 눈동자는 빛을 잃고, 그저 심각하고 지친 표정으로 소란스러운 거리를 스쳐 지나갈 뿐이다. 우리는 서로 인사도 나누지 않는다. 인사를 건넸는데 아무런 반응을 보이지 않으면 영혼이 얼마나 깊은 상처를 입는지, 한때 인사를 나누고 악수를 건넸던 사람과 작별하는 것이 얼마나 가슴 아픈 일인지 잘 알고 있기 때문이다.

영혼의 날개는 깃털을 잃고, 꽃잎은 모조리 뜯긴 채 시들어 간다. 마르지 않을 것 같던 사랑의 샘에는 몇 방울의 물만 남아 갈증으로 타 죽지 않을 만큼만 혀를 축여 줄 뿐이다. 우리는 그 물방울을 여전히 사랑이라 부르지만, 그것은 더 이상 순수하고 충만하며 기쁨이 넘치는 아이의 사랑이 아니다.

그것은 두려움과 궁핍이 스며든 사랑, 불꽃처럼 타오르는 정열일 뿐이다. 뜨거운 모래밭에 떨어진 빗방울처럼 스스로를 소모하는 사랑, 자신을 던지기보다는 탐하는 사랑이다. 너의 것이 되고 싶다고 말하는 대신에 나의 것이 되어 달라고 요구하는, 이기적이고 절망에 찬 사랑이다!

이것이 바로 시인들이 노래하는 사랑, 젊은 남녀가 믿는 사랑이다. 순식간에 화르르 불타오르다 사그라지는 한 줄기 불꽃. 온기라고는 찾아볼 수 없고, 남는 것이라곤 연기와 재뿐인 불꽃이다. 우리는 모두 한때 이런 불꽃이야말로 영원한 사랑의 징표라고 믿었다. 그러나 빛이 환할수록 뒤따르는 밤은 더욱 어둡기 마련이다.

 그렇게 주변이 온통 어두워지고 뼛속까지 외로움이 파고들 때, 주위의 사람들이 모두 모르는 사람처럼 우리를 스쳐 지나갈 때, 잊고 있던 감정이 가슴속에서 솟구쳐 오르곤 한다. 우리는 그것이 무엇인지 알지 못한다. 그것은 사랑도 우정도 아니기 때문이다. 낯설고 차가운 표정으로 우리 곁을 지나쳐 가는 사람들에게 이렇게 외치고 싶다.

 "나를 모르겠어요?"

 그 순간 우리는 낯선 사람과의 사이가 형제 사이나 부모와 자식 사이, 또는 친구 사이보다 더 가까워져 있다고 느낀다. 그리고 낯선 타인이 가장 가까운 이웃이라는 말이 그 옛날 성스러운 잠언처럼 우리의 영혼에 울려 퍼진다.

 그렇다면 왜 우리는 그들을 말없이 스쳐 보내야 하는 걸까? 우리는 그 이유를 알지 못한다. 그저 묵묵히 섭리에 따라야 할 뿐이다. 그래도 한번 노력해 보라. 기차 두 대가 철로 위를 스쳐 지나갈 때, 너에게 인사를 건네고 싶어 하는 낯익은 눈동자를 보거든 손을 내밀어 네 옆을 지나가는 이의 손을 잡아 보라. 그렇게 해 보면 아마도 알게 될 것이다. 사람이 왜 다른 사람의 곁을 말없이 스쳐 지나가는지.

 옛 현인은 이렇게 말했다.

 "나는 난파당한 배의 파편들이 망망대해를 떠다니는 것을 본 적이 있다. 파편들 중에 서로 부딪쳐 함께 엉겨 붙어 있는 것은 극히 드물다. 그마저도 폭풍이 몰려오자 동으로 서로 뿔뿔이 흩어져 버린다. 그 파편들은 두 번 다시 만나지 못한다. 사람 역시 이와 같다. 다만 누구도 그렇게 엄청난 난파를 본 적이 없을 뿐이다."

제 4 장
세 번째 회상

 어린 시절의 하늘에 드리운 구름은 오래가지 않는다. 따뜻한 눈물 같은 비를 잠시 뿌린 후 이내 종적을 감추기 마련이다. 얼마 지나지 않아 나는 다시 성에 갈 수 있었다. 후작 부인은 손을 내밀어 입맞춤을 허락하였고, 자신의 아이들인 어린 공자와 공녀들과 어울리게 하였다. 우리는 오래전부터 알고 지낸 사이처럼 함께 뛰어놀았다.
 행복한 시절이었다. 그때 나는 학교에 다녔는데, 수업을 마치고 돌아오면 성으로 가서 노는 것이 일과였다. 그곳에는 간절히 원하던 것들이 모두 있었다. 어머니가 가게 진열장 안을 가리키면서, 가난한 사람들이 일주일을 먹고살 만큼의 돈을 내야 살 수 있다고 말했던 값비싼 장난감들이 얼마든지 있었다. 더구나 후작 부인에게 청하기만 하면 그것을 집으로 들고 와 어머니에게 자랑할 수도 있었고, 아예 내가 가질 수도 있었다.

서점에서 아버지와 함께 보았던, 정말로 착한 아이들만 가질 수 있다고 했던 예쁜 그림책들도 성에서는 마음껏 뒤적이며 몇 시간이고 읽을 수 있었다. 어린 공자들의 것은 모두가 내 것이기도 했다. 적어도 나는 그렇게 믿었다. 내가 원하는 건 무엇이든 가지고 갈 수 있었을뿐더러, 때로는 다른 아이들에게 그 장난감들을 나눠 주기도 했기 때문이다. 그러니까 당시의 나는 말뜻 그대로 어린 공산주의자나 다름없었다.

딱 한 번 문제가 되었던 사건이 기억난다. 후작 부인에게는 팔에 두르고 있으면 마치 살아서 꿈틀대는 것처럼 보이는 뱀 모양의 금팔찌가 있었다. 후작 부인이 그 팔찌를 우리한테 가지고 놀라고 주었다. 집으로 돌아갈 때가 되자, 나는 금팔찌를 팔에 찼다. 어머니를 깜짝 놀라게 할 생각이었다.

그런데 집으로 가는 길에 우연히 만난 한 부인이 내 팔에 감긴 금팔찌를 보더니, 구경시켜 달라고 졸랐다. 그 부인은 팔찌를 꼼꼼히 살펴보더니 그것만 있으면 감옥에 갇힌 남편을 구할 수 있을 것이라고 말했다. 나는 한 치의 망설임도 없이 금팔찌를 부인에게 주고서 곧바로 집으로 내달렸다.

다음 날 한바탕 소동이 벌어졌다. 그 가난한 부인이 성으로 끌려와 울고 있었고, 사람들은 그녀가 나한테서 팔찌를 빼앗은 것이라고 떠들어 댔다. 그 소리를 듣고 나는 몹시 화가 났다. 그래서 그 팔찌는 내가 부인에게 선물로 준 것이며, 돌려받고 싶은 생각은 조금도 없다고 아주 진지하게 설명했다. 그 일이 어떻게 끝났는지는 기억나지 않는다. 다만 그날 이후 내가 집으로 가져오는 물건은 모두 후작 부인에게 보여 주고 허락을 받았다는 기억만이 어렴풋이 남아 있다.

내가 '내 것'과 '남의 것'이라는 개념을 완전히 깨우치기까지는 그 일이 있고서도 한참이 걸렸다. 나는 빨간색과 파란색을 구별하는 데 꽤나 오랜 시간이 걸렸는데, 마찬가지로 내 것과 남의 것도 한동안 애매하게 혼동했다. 그 때문에 친구들의 웃음거리가 되기도 했다.

어머니가 나에게 사과를 사 오라고 돈을 주었을 때였다. 어머니는 내게 일 그로셴(옛 독일의 은화 단위로, 일 그로셴은 십 페니히이다.—옮긴이)짜리 은화를 주었는데, 사과 한 알의 가격이 육 페니히밖에 안 되던 시절이었다. 내가 가게 주인 여자에게 일 그로셴을 건네자 그녀는 아주 난감한 표정을 지어 보였다. 그러고는 하루 종일 물건을 하나도 못 팔아서 거스름돈이 없으니, 사과를 일 그로셴어치 사 주었으면 좋겠다고 말했다.

그 순간 내 주머니 속에 육 페니히짜리 동전이 들어 있다는 생각이 퍼뜩 떠올랐다. 나는 어려운 문제를 해결했다는 사실에 대단한 만족감을 느끼며 그녀에게 그 동전을 내밀었다.

"자, 이 동전으로 나한테 육 페니히를 거슬러 주시면 돼요."

하지만 그녀는 내 말뜻을 알아듣지 못한 듯 나를 빤히 바라보다가 일 그로셴을 돌려주고 육 페니히를 받아 들었다.

나는 거의 날마다 어린 공자들을 만나기 위해 성으로 갔다. 처음에는 함께 놀기 위해서였고, 얼마 후부터는 같이 프랑스 어를 배우기 위해서였다.

그 시절, 또 하나의 얼굴이 내 기억 속으로 걸어 들어온다. 바로 후작의 딸인 마리아 백작이었다. 마리아의 어머니는 그녀를 낳자마자 세상을 떠났고, 그 뒤 후작은 재혼을 했다.

마리아를 언제 처음 보았는지는 기억나지 않는다. 그녀는 기억의 어둠을 뚫고 아주 조금씩 천천히 모습을 드러낸다. 처음에는 하늘거리는 그림자처럼 아련하던 것이 점점 더 윤곽이 뚜렷해지고 가까워진다. 그러다가 폭풍우가 몰아치는 밤, 구름 베일을 벗어 던지고 갑자기 얼굴을 드러내는 달처럼 내 영혼 앞에 서 있다.

마리아는 늘 병에 시달렸다. 그래서인지 말이 없었다. 나는 침대에 누워 있지 않은 마리아의 모습은 한 번도 본 적이 없었다. 마리아는 하인 두 명의 손에 들려 침대에 누운 채 우리 방으로 건너왔고, 피곤해지면 다시 하인을 불러 침대를 옮기게 하였다. 그녀는 늘상 새하얀 옷을 입고 양손을 포갠 채 누워 있었다. 얼굴은 몹시 창백했지만 온화하고 아름다웠으며, 눈동자는 헤아릴 수 없이 깊고 신비스러웠다. 나는 종종 생각에 잠긴 채 그녀를 바라보다가 '그녀도 남일까?' 하고 스스로에게 물었다.

가끔씩 마리아는 내 머리에 손을 얹곤 했다. 그럴 때면 무언가가 내 온몸으로 흐르는 것 같아서, 나는 자리를 뜨지도 못하고 아무런 말도 하지 못했다. 그저 하염없이 그 깊고 신비한 눈동자를 바라볼 뿐이었다.

마리아는 우리와 이야기를 많이 나누지는 않았다. 그러나 시선은 항상 놀고 있는 우리에게로 향해 있었다. 우리가 심하게 날뛰거나 소란을 피워도 불평 한마디 하지 않았다. 다만 가끔씩 하얀 이마 위에 손을 얹은 채 잠을 자듯 눈을 감을 뿐이었다. 하지만 때로는 기분이 좋다면서 침대에 똑바로 앉아 있기도 했다. 그런 날이면 아침놀처럼 홍조가 도는 얼굴로 우리와 이야기를 나누거나 신기한 이야기를 들려주었다.

당시 마리아가 몇 살쯤이었는지는 모르겠다. 혼자서 할 수 있는 일이 거의 없어서인지 어린아이처럼 보이기도 했지만, 그렇게만 보기에는 너무나 진지하고 조용했다. 사람들은 마리아에 관해 이야기를 할 때면 자기도 모르게 작은 목소리로 속삭이곤 했다. 그들은 그녀를 천사라고 불렀다. 착하다든가 사랑스럽다든가 하는 말 이외에 그녀를 표현하는 다른 말은 한 번도 듣지 못했다.

마리아가 입을 꼭 다물고 힘없이 누워 있는 모습을 보고 있으면, 평생 동안 걷지도 못하고 아무런 일도 할 수 없으며 기쁨을 느끼지도 못한 채 침대에 누워 이리저리 실려 다니다가 영원한 안식에 들고 말 것이라는 생각이 들었다. 그때마다 천사의 품에 안겨 편히 쉴 수도 있었을 텐데 신은 왜 그녀를 이 세상으로 보냈을까, 하는 의문이 일었다. 수많은 성화(聖畫)에 그려져 있는 것처럼 천사들의 부드러운 날개에 실려 하늘을 날아다녔을 텐데…….

그런 생각이 들 때면 나는 그녀가 혼자서 고통을 겪지 않도록 곁에 있어 주어야 할 것 같은, 내가 고통의 일부나마 덜어 주어야 할 것 같은 기분이 들었다. 그렇지만 그런 말들을 그녀 앞에서 할 수는 없었다. 사실 나 자신도 잘 모르고 있는 감정이었기 때문이다.

나는 그저 무언가를 느끼고 있었을 뿐이다. 그렇다고 해서 마리아를 끌어안아야 할 것 같은 느낌은 아니었다. 물론 그래서도 안 되었다. 그랬다면 오히려 그녀에게 고통을 주었을 테니까. 그러나 그녀가 고통에서 벗어나기를 진심으로 바라며 기도할 수는 있을 것 같았다.

어느 따스한 봄날이었다. 그날도 마리아는 침대에 앉은 채 우리가 노는 방으로 옮겨졌다. 얼굴이 몹시 창백했지만 눈동자만은 그 어느 때보다 깊고 반짝거렸다. 그녀는 우리를 자기 곁으로 불렀다.

"오늘은 내 생일이야. 새벽에 견진 성사(성세 성사를 받은 신자에게 성령과 그 선물을 주는 성사―옮긴이)를 받았어. 이젠 하느님께서 나를 당신 곁으로 부르실 수도 있겠지."

마리아는 미소 띤 얼굴로 아버지를 한 번 바라보고는 말을 이었다.

"물론 난 너희 곁에 오래오래 있고 싶지만, 언젠가 내가 너희 곁을 떠난다 해도 너희가 나를 아주 잊어버리지는 않았으면 좋겠어. 그래서 너희에게 주려고 반지를 가져왔어. 지금은 검지에 끼워야 맞겠지만, 나이가 들어 갈수록 다른 손가락으로 옮겨야 하겠지. 나중에는 새끼손가락밖에는 맞지 않게 될 테고. 그래도 평생 동안 끼고 있어 줘."

그러더니 그녀는 자신의 손가락에 끼고 있던 반지 다섯 개를 하나씩 차례로 뺐다. 그 모습이 어찌나 애처로우면서도 다정해 보이던지 나는 울지 않으려고 눈을 꼭 감았다.

마리아는 첫 번째 반지를 제일 큰 남동생에게 주며 입을 맞추었다. 두 번째 반지와 세 번째 반지는 두 여동생에게, 네 번째 반지는 막내 남동생에게 주었다. 반지를 줄 때마다 그녀는 아이들 모두에게 키스를 했다.

나는 옆에 서서 꼼짝도 하지 않고 마리아의 새하얀 손을 바라보았다. 그녀의 손가락에는 아직도 반지 한 개가 남아 있었다.

마리아는 몹시 지친 표정으로 몸을 뒤로 기댔다. 그 순간 내 눈이 그녀의 눈과 마주쳤다.

어린아이의 눈은 입보다 더 크게 말하는 법인지라, 마리아가 내 마음의 소리를 들은 것 같았다. 그것이 마지막 반지라면 차라리 받고 싶지 않았다. 그렇지만 그 순간 나는 그저 타인일 뿐 마리아의 세계에 속한 사람이 아니며, 그녀가 나를 자신의 형제자매들만큼 사랑하지 않는다는 것을 느꼈다. 그러자 마치 혈관이 터진 듯, 아니면 신경이 끊어진 듯 가슴이 아파 왔다. 이 난처한 마음을 들키지 않으려면 어디에다 눈길을 둬야 하는지 몰라 허둥댔다.

그런데 마리아가 다시 몸을 일으켜 앉더니, 손을 내 이마에 얹고는 내 눈을 깊숙이 들여다보았다. 내 생각을 모두 읽고 있는 것만 같았다. 그녀는 손가락에서 마지막 반지를 천천히 빼서 내게 주며 말했다.

"이건 내가 너희를 떠날 때 가지고 가고 싶었어. 하지만 네가 끼는 게 더 나을 것 같아. 내가 세상에 없을 때 나를 생각할 수 있게 말이야. 반지에 새겨진 글을 읽어 봐. '신의 뜻대로'라고 쓰여 있지? 넌 거친 면도 있지만 온순한 마음을 가졌어. 삶이 네 마음을 냉혹하지 않게 길들여 주기를 바랄게."

그러고는 남동생에게 그랬듯 나에게 입을 맞추었다.

그때 내 심정이 어떠했는지는 지금도 잘 설명할 수 없다. 그때

난 이미 소년이었다. 고통받는 천사의 온화한 아름다움은 내 어린 가슴에 각인되기에 충분했다. 나는 소년으로서 사랑할 수 있는 만큼 한껏 그녀를 사랑하고 있었던 것이다.

소년들은 청년기나 장년기에서는 사라져 버리는 진심과 진실, 순수함을 간직한 채 온 마음으로 사랑을 하는 법이다. 그러나 나는 마리아를 사랑한다고 말해서는 안 되는 타인에 속한다고 생각했다.

나는 마리아가 나에게 던진 진지한 말들을 건성으로 듣고 있었다. 그렇지만 그녀의 영혼과 내 영혼이 다가갈 수 있는 한 가장 가까이 닿아 있다는 느낌을 받았다. 내 마음속에 존재하던 온갖 괴로움이 사라졌다. 나는 혼자도 아니었고 타인도 아니었으며 제외된 사람도 아니었다. 그녀 곁에서, 그녀와 함께, 그녀의 마음속에 있음을 느꼈다.

갑자기 마리아가 반지를 내게 주는 것은 희생이라는 생각이 들었다. 그 반지는 그녀가 무덤에까지 가지고 가고 싶어 했던 것이 아닌가. 순간 어떤 느낌 하나가 솟구쳐 올라 다른 모든 감정을 압도했다. 나는 떨리는 목소리로 이렇게 말했다.

"이 반지를 나한테 주고 싶다면 그냥 네가 간직하는 게 좋겠어. 네 것은 곧 내 것이니까."

마리아는 영문을 모르겠다는 표정으로 잠시 생각에 잠겨 나를 바라보았다. 그러더니 반지를 받아 자기 손가락에 끼고는 다시 한 번 내 이마에 입을 맞춘 후 나지막하게 말했다.

"넌 지금 네가 한 말이 무슨 의미인지 잘 모를 거야. 하지만 그걸 이해하게 되면 너는 행복해질 거야. 그리고 수많은 다른 사람들도 행복하게 해 줄 테고."

제 5 장
네 번째 회상

    누구에게나 먼지투성이의 포플러 가로수 길을 어디로 가고 있는지도 모른 채 하염없이 걸어 나가는 듯 지루하게 느껴지는 시기가 있기 마련이다. 그 시절을 돌아보면, 먼 길을 걸어왔고 어느새 더 늙어 버렸다는 서글픈 느낌 말고는 남아 있는 것이 없다.
    평범한 일상을 지내다 보면 인생의 강물은 항상 그대로이고 변하는 것은 오로지 강가의 풍경뿐인 것처럼 여겨진다. 그러다 어느 순간 인생의 폭포가 다가온다. 폭포는 기억에 오래오래 남는 법이어서, 폭포를 지나온 후 많은 시간이 흐르고 고요한 영원의 바다가 가까워져도 여전히 저 멀리서 우렁찬 폭포 소리가 들려오는 듯하다. 우리에게 남아 있는, 우리를 앞으로 이끌어 갈

삶의 힘이 바로 그 폭포를 원천으로 삼아 양분을 끌어내고 있다는 느낌이 드는 것이다.

학창 시절은 지나갔다. 대학 생활의 달콤한 신입생 시절도 끝났고, 아름다운 꿈들도 대부분 사라져 버렸다. 그러나 단 한 가지, 신과 인간에 대한 믿음만은 나를 떠나지 않았다. 인생이란 어린아이가 생각하던 것과는 사뭇 달랐지만, 그 대신 모든 것이 한 단계 성장했다. 살아가면서 마주치는 이해할 수 없는 일들과 고통이야말로 지상 어디에나 신이 있다는 증거로 여겨졌다.

"신의 뜻이 아니라면 제아무리 하잘것없는 일도 일어나지 않으리라."

이것이 내가 짧은 인생에서 얻은 작은 지혜였다.

여름 방학을 맞아, 나는 다시 고향 마을로 돌아왔다. 재회란 얼마나 큰 기쁨인가! 지금껏 누구도 그것에 대해 설명한 적은 없지만, 다시 만나서 추억을 더듬는 일이야말로 세상 모든 기쁨과 즐거움의 비밀이다.

생전 처음 보거나 듣거나 맛본 것은 모두 아름답고 위대하며 유쾌할 수 있다. 하지만 한편으로는 너무 생소하고 기습적이어서 편안한 마음으로 즐길 수가 없다. 즐기려고 애를 쓰는 안간힘이 즐거움보다 더 크기 때문이다.

그러나 몇 년의 시간이 흐른 후, 오래전에 즐겨 듣던 음악 한 소절을 다시 듣게 되면 마치 옛 친구를 만난 것처럼 머릿속에 그 곡조가 떠오를 때가 있다. 분명 다 잊었다고 생각했는데도……. 혹은 몇 년 만에 드레스덴의 〈시스티나의 성모〉(라파엘로의 작품으로, 드레스덴의 츠빙거 궁 안에 있는 국립 미술관에 전시되어 있다.—옮긴이) 앞에 섰을 때, 성화 속 아기 예수의 무한한 시선이 일깨워 주었던 바로 그 감정들이 되살아나기도 한다.

또 학창 시절 이후 한 번도 떠올려 본 적 없었던 꽃향기를 다시 맡거나, 그 시절의 음식을 다시 맛보는 일……. 그런 경험을 할 때면 마음 깊은 곳에서부터 크나큰 기쁨이 우러나온다. 그러면 과연 우리가 현재의 인상에 기뻐하는 것인지 과거의 추억에 기뻐하는 것인지 헷갈리게 된다.

오랜 세월이 흐른 후 다시 고향 땅에 발을 내딛어 보라. 그러면 우리의 영혼은 자신도 모르는 사이에 추억의 바다에서 헤엄을 친다. 춤추는 파도는 꿈을 꾸듯 몽롱한 영혼을 싣고 인생의 강물을 거슬러 올라가 과거를 찾는다.

탑시계가 울리면 지각이라도 한 양 마음이 조급해진다. 그러다 이내 안도의 한숨을 내쉬며 두려움도 과거의 일이라는 사실에 기뻐한다. 개 한 마리가 길을 가로질러 간다. 예전에는 그 개가 무서워서 일부러 멀리 빙 돌아가곤 했는데…….

여기 그 늙은 가게 주인 여자가 그대로 앉아 있다. 그때 그녀가 팔던 사과는 꽤나 나를 유혹했었지. 지금 사과들은 뿌옇게 먼지를 뒤집어쓰고 있지만 세상 그 어떤 사과보다도 맛있을 것만 같다.

저편엔 집이 헐리고 새 집이 들어섰다. 지금은 돌아가신, 음악 선생님이 살던 집이다. 여름날 저녁이면 여기 창문 밑에 서서, 하루 일과를 마친 성실한 남자가 여흥을 즐기며 연주하던 즉흥곡에 귀를 기울이곤 했다. 그 시간이 얼마나 행복했던지……. 선생님의 연주는 기관차가 하루 종일 모아 놓은 쓸데없는 증기를 거칠게 쉭쉭 뿜어내는 소리처럼 들렸다.

여기 나뭇잎으로 뒤덮인 작은 길도 익숙하다. 당시엔 훨씬 넓어 보였는데……. 어느 늦은 밤, 이 길을 따라 집으로 가다가 이웃집에 사는 소녀를 만났다. 그래, 당시 나는 감히 그 소녀의 얼굴을 바라보거나 말을 붙일 용기도 내지 못했지.

하지만 학교에서는 남자아이들끼리 그 애를 '예쁜 소녀'라고 부르며 자주 화제에 올렸다. 나는 길을 걷다가 먼발치에서 그 소녀를 보기만 해도 몹시 행복해져서 가까이 다가갈 생각조차 하지 못했다.

그런데 그날 저녁 묘지로 이어지는 이 길에서 그 소녀를 만났던 것이다. 말 한 번 주고받은 적 없는 사이였는데, 소녀는 내 팔을 잡으며 자기와 함께 집으로 가자고 말했다. 나는 나란히 걷는 동안 한마디도 하지 못했다. 그 소녀 역시 말이 없었다. 그런데도 어찌나 행복하던지…….

오랜 세월이 지난 지금도 그 순간을 생각하면 그 시절로 돌아가고 싶어진다. 다시 한 번 '예쁜 소녀'와 함께 아무런 말 없이, 행복한 마음으로 집에 가고 싶다.

그렇게 추억은 파도가 머리를 뒤덮을 때까지 하나둘 꼬리를 물고 이어진다. 그러다 생각에 너무 깊이 몰입한 나머지 숨 쉬는 것조차 잊고 있었다는 사실을 깨닫고 긴 한숨을 내쉰다. 그러고 나면 그 꿈의 세계는 새벽닭 울음소리를 듣고 자취를 감추는 유령처럼 갑자기 흔적도 없이 사라져 버린다.

나는 오래된 성과 보리수나무들을 스쳐 지나가다가 말을 탄 보초병들과 높은 계단을 바라보았다. 영혼에서 추억들이 솟구쳐 올랐다. 이곳은 얼마나 많이 변해 버렸는지!

벌써 몇 년 동안 성에 가 보지 못했다. 후작 부인은 돌아가셨고, 후작은 정치에서 손을 뗀 후 이탈리아로 떠났다. 어린 시절 친구였던 후작의 장남이 통치권을 물려받았다. 그의 주변에는 젊은 귀족들과 장교들이 북적거렸고, 그는 그들과 어울리기를 좋아했다. 그런 모임은 애틋했던 소꿉친구를 멀어지게 만들 수밖에 없었다.

우리의 우정이 소원해진 데에는 다른 상황도 한몫을 했다. 독일 국민의 곤궁과 독일 정치의 부조리를 인식하기 시작한 젊은이라면 누구나 그랬듯, 나 역시 이내 진보 정당의 몇 가지 말투를 익히게 되었다. 그런 말투를 궁정에서 쓴다면, 명망 있는 성직자의 가문에서 상스러운 말투를 쓰는 것처럼 어울리지 않을

게 분명했다. 그런저런 이유로 나는 꽤 여러 해 동안 그 계단을 올라가지 않았다.

그러나 그 성에는 내가 거의 매일같이 이름을 부르고, 끊임없이 생각했던 여인이 살고 있었다. 나는 오래전부터 살아생전 다시는 그녀를 만나지 못할 것이라고 생각해 왔다. 그렇다. 나에게 그녀는 현실에는 존재하지 않으며, 존재할 수도 없는 인물로 자리 잡고 있었던 것이다. 그녀는 나의 착한 천사가 되어 있었다. 나의 또 다른 자아, 내가 나에게 말을 거는 대신 이야기를 나누는 자아가……. 어쩌다 그렇게 되었는지는 스스로도 설명할 길이 없다.

사실 나는 그녀가 어떤 사람인지 잘 모르고 있었다. 다만 사람의 눈이 구름을 여러 형상으로 만들어 내듯, 나의 상상력이 유년기의 하늘에서 이 희미한 환영을 마술처럼 불러내었던 것이다. 그녀는 현실의 윤곽을 어렴풋이 따라가며 그려 낸 완벽한 환상의 이미지였다는 느낌이다.

나의 모든 생각은 나도 모르는 사이에 그녀와 나눈 대화로 변해 갔다. 내 안에 있는 선한 것, 내가 추구하는 것, 내가 생각하는 것, 나의 더 나은 자아는 모두 그녀의 것이었고 그녀가 나에게 준 것이었다. 그녀의 입에서, 나의 착한 천사의 입에서 나온 것이었다.

집에 온 지 며칠이 지나지 않은 어느 날 아침, 나는 편지 한 통을 받았다. 영어로 쓰인 그 편지는 바로 그녀, 마리아에게서 온 것이었다.

나의 친구에게.
당신이 잠시 이곳에 와 있다는 소식을 들었습니다.
우리는 꽤 오랫동안 만나지 못했군요.
괜찮다면 옛 친구를 다시 보고 싶어요.
오늘 오후 스위스 별채에 혼자 있을게요.
─당신의 친구, 마리아

나는 당장 영어로 답장을 썼다. 오후에 찾아가겠다고.
스위스 별채는 성 옆에 있는 곁채로, 정원 쪽으로 향해 있어서 성의 안마당을 통하지 않고도 들어갈 수 있었다. 내가 정원을 지나 스위스 별채에 도착했을 때는 다섯 시였다.
나는 온갖 감정들을 억누르며 격식 있는 담소를 나누겠다고 마음먹었다. 그리고 내 안에 숨어 있는 착한 천사를 달래면서, 지금 만날 숙녀는 천사와 아무런 관계가 없다는 점을 입증하려 노력했다.
하지만 어떻게 해도 마음이 영 편치 않았고, 나의 착한 천사도 용기를 북돋아 주려고 하지 않았다. 그러다 마침내 마음을 추스르고는 인생은 가장무도회 어쩌고 하는 혼잣말을 중얼거리며 반쯤 열려 있던 문을 두드렸다.

　방 안에는 아무도 없었다. 잠시 후, 낯선 여인이 들어와 영어로 마리아 백작께서 곧 오실 거라고 말해 주었다. 그런 다음 그녀는 나가 버렸고, 나는 혼자 남아 방을 둘러보았다.

　떡갈나무로 되어 있는 사방의 벽에는 격자로 짠 나무 장식이 빙 둘러져 있었고, 잎이 넓은 담쟁이덩굴이 그 격자 장식을 타고 올라가 방 안을 무성하게 뒤덮었다. 탁자와 의자도 모두 떡갈나무로 만든 것이었는데, 구석구석 정교한 조각이 새겨져 있었다. 바닥에도 나무가 깔려 있었다.

　이 방에서 낯익은 물건들을 보니 감회가 새로웠다. 대부분이 어릴 적 우리의 놀이방에 있던 것이었다. 처음 보는 것도 있었는데, 특히 그림들은 예전에는 없던 새로운 물건이었다. 그렇다고는 해도 지금 내 방에 걸어 놓은 그림과 똑같아서 꽤 익숙했다. 그랜드 피아노 위에 걸려 있는 베토벤과 헨델, 멘델스존의 초상화 역시 내가 골랐던 것과 같은 그림이었다.

　방 한쪽 구석에는 내가 고대의 입상 중 가장 아름다운 작품으로 손꼽는 밀로의 〈비너스〉가 서 있었다. 탁자 위에는 단테와 셰익스피어의 작품들, 타울러(독일의 신비주의 사상가―옮긴이)의 설교집,《독일 신학》(14세기에 쓰인 작자 미상의 책으로, 신비주의의 영향을 받아 신과의 신적인 결합을 제시하였다.―옮긴이), 뤼케르트(독일의 낭만파 시인이자 동양학자―옮긴이)의 시집, 테니슨(영국의 시인―옮긴이)과 번스(영국의 시인―옮긴이)의 시집들, 칼라일(이상주의적 사회 개혁을 주장한 영국의 사상가―옮긴이)의 《과거와 현재》가 놓여 있었다. 모두가 나도 가지고 있는, 그리고 최근까지도 손에서 놓지 않았던 책들이었다.

온갖 생각들이 밀려들었지만 애써 그것들을 털어 내며 후작 부인의 초상화 앞으로 다가갔다. 바로 그 순간 문이 열리고, 어린 시절 자주 보았던 하인 두 명이 마리아가 누워 있는 침대를 들고 방 안으로 들어왔다.

그 모습이란! 그녀는 하인들이 나갈 때까지 호수처럼 잔잔한 표정으로 말없이 앉아 있었다. 그들이 방에서 나가자 그녀의 눈동자, 예전의 그 깊고 신비한 눈동자가 나를 향했다. 이윽고 그녀의 얼굴에 생기가 돌기 시작하더니, 마침내 한가득 미소를 머금고 입을 열었다.

"우린 오랜 친구지. 변한 게 하나도 없는 것 같아. 존댓말을 쓰기도 어색하고, 그렇다고 말을 놓을 수도 없으니 영어로 이야기하는 게 좋을 것 같은데……. 어때?"

이런 환대는 예상치 못한 일이었다. 하지만 이것은 가장무도회가 아니었다. 거기에는 한 영혼을 갈망하는 또 다른 영혼이 있었다. 가장을 하고 검은 가면을 썼어도, 눈빛만으로 서로를 알아보는 두 친구의 인사였다. 나는 나를 향해 내민 그녀의 손을 잡고 말했다.

"천사와 이야기하면서 존댓말을 쓸 수야 없지."

그러나 형식과 관습의 힘이란 얼마나 대단한지! 제아무리 친밀한 영혼들이라도 자연의 언어로 대화를 나누기란 얼마나 어려운지 모를 터이다. 갑작스레 대화가 멈추었고, 우리는 한순간 어색함을 느꼈다. 나는 때마침 머리에 떠오르는 생각을 입 밖에 내어 침묵을 깼다.

"사람들은 어릴 때부터 새장 안에서 사는 데 길들어 있어서 새장에서 풀려나도 감히 날개를 퍼덕거릴 생각을 못 하지. 날아오르면 여기저기 부딪힐까 봐 겁을 내고 말이야."

"그래, 맞아. 하지만 그것도 나쁘진 않아. 그리고 다르게 살 수도 없고. 사람들은 가끔씩 숲속을 날아다니는 새들처럼 살고 싶다고 말하지. 나뭇가지에서 우연히 만나도 서로를 소개할 필요 없이 함께 노래를 부르면서 사는 삶 말이야. 그렇지만 새들 중엔 부엉이도 있고 참새도 있어. 살면서 그것들을 만나면 모르는 척 그냥 스쳐 지나갈 줄도 알아야 좋은 거야.

어쩌면 삶은 시와 같은 건지도 몰라. 진정한 시인이라면 정해진 형식 속에서도 가장 아름답고 진실한 것을 표현할 줄 알 듯이, 인간 역시 사회의 속박에도 불구하고 생각과 감정의 자유를 지킬 줄 알아야 하거든."

그때 나도 모르게 플라텐(낭만주의를 기조로 하면서도 엄정한 시적 형식과 고상한 수사를 추구한 독일의 시인—옮긴이)의 시 한 구절이 떠올랐다.

> 그 어디에서나
> 영원한 것은
> 정해진 말에 담긴
> 자유로운 정신이니.

"맞아."
마리아는 얼굴 가득 다정하면서도 장난기 어린 미소를 띠며 말을 이었다.
"어쨌든 난 특권을 누리고 있어. 그건 바로 내 고통과 고독이지. 가끔 청춘 남녀들이 몹시 안타깝게 여겨질 때가 있어. 사랑을, 혹은 사랑이라 부르는 것을 생각하지 않고는 우정과 신뢰를 나누지 못하니 말이야.
처녀들은 자신의 영혼 안에 무엇이 잠들어 있는지 몰라. 고귀한 남자가 던진 진지한 말 한마디가 그것을 깨어나게 할 수 있다는 것을 모르지. 젊은 남자들도 그들의 마음에서 일어나고 있는 정신의 투쟁을 멀리서 지켜봐 줄 수 있는 여인이 있다면 그 수많은 기사도의 덕목을 되찾게 될 거야.
하지만 그렇게 되질 않지. 늘 사랑이, 아니면 사랑이라 부르는 감정이 끼어드니까 말이야. 콩닥거리는 심장, 폭풍우처럼 일렁이는 희망, 아름다운 얼굴을 바라볼 때 느끼는 환희, 그 달콤한 감정, 그리고 차가운 계산까지 순수한 인간애의 참모습이라 할 저 잔잔한 바다를 들쑤시는 온갖 것들이 끼어들거든."

마리아는 갑자기 말을 멈추었다. 그녀의 얼굴에 고통스러운 표정이 떠올랐다.

"오늘은 그만해야겠어. 안 그러면 주치의한테 야단맞을 거야. 멘델스존의 음악, 그 이중주를 듣고 싶어. 오래전 내 친구는 그 곡을 아주 잘 연주했는데. 그렇지 않아?"

나는 아무 말도 할 수 없었다. 마리아가 말을 마치고 예전처럼 손을 포개었을 때 그녀의 손가락에서 반지를 보았던 것이다. 지금 새끼손가락에 끼고 있는 반지는 그녀가 내게, 내가 다시 그녀에게 주었던 바로 그 반지였다. 머릿속이 너무 복잡해 딱히 할 말이 떠오르지 않았다. 그래서 조용히 피아노 앞에 앉아 연주를 시작했다.

연주를 끝낸 뒤, 나는 고개를 돌려 그녀를 바라보며 말했다.

"말없이 음률로만 이야기할 수 있다면 좋을 텐데."

"그럴 수 있어. 난 다 알아들었는걸. 하지만 오늘은 정말로 그만해야 될 것 같아. 하루가 다르게 기력이 떨어지고 있거든. 우린 서로에게 익숙해져야 할 거야. 몸이 아파 집에만 틀어박혀 있는 가엾은 여자에게 그 정도의 아량은 베풀어 주리라 믿어. 우리 내일 이 시각에 다시 만나. 괜찮지?"

나는 마리아의 손을 잡고 입을 맞추려 했다. 그러나 그녀는 내 손을 잡고 힘을 주면서 말했다.
"이걸로 됐어. 안녕!"

제 6 장
다섯 번째 회상

 내가 무슨 생각을 하면서 어떤 느낌으로 집으로 돌아왔는지 설명하기는 쉽지 않다. 그 감정은 말로는 온전히 옮길 수 없는 것이었기 때문이다. 누구든 기쁨이나 고통이 극에 달하는 순간에는 도리어 할 말을 잃게 되는 법이다.
 그날 내가 느낀 것은 기쁨도 고통도 아니었다. 그것은 말로는 도저히 표현할 수 없는 경이로움이었다. 내 마음속에서는 온갖 생각들이 어지럽게 날아다녔다. 하늘에서 땅으로 떨어지고 싶지만 미처 목적지에 도달하기도 전에 공중에서 모조리 사라져 버리고 마는 별똥별처럼 말이다.
 나는 나 자신에게 넌 살아 있다고, 그녀도 살아 있는 존재라고

되뇌었다. 그러고 나서 다시 신중하고 침착해지려 노력하면서 스스로에게 이렇게 말했다.

'그녀는 사랑스런 여인이야. 정말 보기 드문 심성을 가졌지.'

한편으로는 그녀가 안쓰럽게 느껴지면서도, 또 한편으로는 방학 동안 그곳에서 보내게 될 즐거운 저녁 시간을 머릿속에 그리며 즐거워했다.

그러나 아니, 아니다. 내가 바란 것은 그런 것이 아니었다. 마리아는 내가 추구하고 생각하고 바라고 믿었던 전부였다. 마침내 이곳에 한 인간의 영혼이, 봄날의 아침처럼 청명하고 신선한 영혼이 존재하는 것이다.

나는 첫눈에 그녀의 본성과 내면에 감추어진 것을 모조리 꿰뚫어 보았다. 우리는 인사를 나누면서 동시에 서로를 알아보았다. 그렇다면 내 마음속의 착한 천사는? 그 천사는 더 이상 대답을 하지 않고 떠나 버렸다. 나는 그 천사를 다시 만날 수 있는 곳은 이 지상에 단 한 군데밖에 없다고 느꼈다.

이제 아름다운 인생이 시작되었다. 나는 매일 저녁 마리아 곁에서 시간을 보냈다. 그리고 얼마 지나지 않아 우리가 진정 오랜 친구 사이이며, 서로를 '너'라고 부를 수밖에 없음을 깨달았다. 나는 늘 그녀 곁에서 살았던 것 같았다. 그녀는 감정의 현을 울려 내 영혼을 흔들었다. 그리고 내가 입 밖으로 낸 생각은 무엇이든지 다정하게 고개를 끄덕이며 나도 그렇게 생각했다고 말해 주었다.

  언젠가 우리 시대의 가장 위대한 음악가가 그의 누이와 함께 피아노 즉흥곡을 연주하는 모습을 본 적이 있었다. 그때 나는 어떻게 두 사람이 서로를 그렇게 깊이 느끼고 공감할 수 있는지 이해하지 못했다. 악상은 자유롭게 훨훨 날아다녔고, 단 한 번도 하모니가 깨지지 않았다. 그런데 지금은 이해가 되었다. 이제야 비로소 나는 나의 내면이 내가 생각했던 것만큼 가난하거나 공허하지 않다는 사실을 깨달았다. 그저 감성의 싹과 꽃봉오리를 터뜨려 줄 햇빛이 부족했을 뿐이다.

  마리아와 나의 영혼을 꿰뚫고 지나갔던 그 봄은 얼마나 비애에 차 있었던가! 사람들은 5월이 되면 장미는 곧 시들고 만다는 사실을 잊은 채 살아가기 마련이다. 하지만 이곳에서 보낸 매일 저녁, 꽃잎은 한 장 두 장 차례로 땅에 떨어지며 경고를 보냈다. 마리아는 나보다 훨씬 더 민감하게 그것을 느끼고 그 이야기를 꺼냈다. 그러나 그 사실이 그녀를 고통스럽게 하지는 않는 듯했다. 그렇게 우리의 대화는 날로 진지하고 엄숙해졌다.

  어느 날 저녁, 내가 막 집으로 돌아가려고 할 때 마리아가 말했다.

  "내가 이렇게 오래 살리라고는 생각지 못했어. 견진 성사를 받던 날, 네게 반지를 주면서 이제 곧 작별할 시간이 올 거라고 생각했지. 그런데 이토록 오래 살면서 멋진 날들을 많이도 누렸네.

물론 고통도 많았어. 하지만 그런 것은 쉽게 잊히는 법이야. 이제 진정으로 이별이 가까이 다가왔다고 느껴. 그래서 나에겐 순간순간이 무척이나 소중해. 잘 가. 내일 늦지 말고."

어느 날인가 내가 마리아의 방에 들어섰을 때, 그녀는 이탈리아 화가와 함께 있었다. 그녀는 그와 이탈리아 어로 이야기를 나누었다. 내가 보기에 그 화가는 예술가라기보다는 기술자에 더 가까웠다. 그러나 그를 대하는 그녀의 말투는 상냥하고 겸손했으며 자못 존경하는 듯한 빛까지 보였다. 그런 그녀의 모습에서 타고난 귀족의 품성과 고매한 영혼을 엿볼 수 있었다. 화가가 방에서 나가자 그녀가 내게 말했다.

"그림 한 점을 보여 줄게. 너도 좋아할 거야. 원본은 파리의 화랑에 있어. 그림에 대한 글을 읽고 나서 좀 전의 그 이탈리아 화가에게 모사를 부탁했지."

그녀는 나에게 그림을 보여 준 후 나의 감상평을 기다렸다. 그것은 옛날 독일식 의상을 입은 중년 남성의 초상화였다. 꿈을 꾸는 듯, 혹은 체념한 듯한 표정을 짓고 있으면서도 상당히 사실적이어서 실제로 생존했던 인물임을 의심할 여지가 없었다. 그림 전경의 색조는 대체로 어두운 갈색이었지만, 배경으로 지평선에 막 떠오르는 아침의 첫 햇살이 보였다. 특별한 점은 없어도 안정감을 주는 그림이어서 몇 시간을 바라보고 있어도 싫증이 나지 않을 것 같았다.

나는 입을 열었다.

"살아 있는 사람의 얼굴도 이보다 더 나을 것 같지 않아. 라파엘로라 해도 이런 그림을 그릴 수 없었을 거야."

"정말 그렇지? 내가 왜 이 그림을 갖고 싶어 했는지 말해 줄게. 이 그림을 그린 화가가 누군지, 초상화의 모델이 누구인지는 알려져 있지 않다는 글을 읽었어. 그렇지만 모델은 아마 중세의 철학자일 거라는 추측이야.

나는 바로 이런 그림을 내 방에 걸어 놓고 싶었어. 너도 알다시피 《독일 신학》의 저자가 누군지는 아무도 모르잖아? 그렇기 때문에 그의 초상화도 없는 것이고. 그래서 미상의 화가가 그린 미상의 인물이 과연 《독일 신학》의 저자로 잘 어울리는지 살펴보고 싶었어. 네가 반대하지 않는다면 이 그림을 여기 〈알비파(派)〉와 〈보름스 국회〉 사이에 걸고서 〈독일 신학자〉라는 제목을 붙일까 해."

"좋아. 프랑크푸르트 사람치고는 너무 건장하고 남성적으로 보이기는 하지만."

"그렇게 보일 수도 있겠지. 하지만 나처럼 병들어 죽어 가는 인생은 이 책에서 엄청난 힘과 위안을 얻거든. 나는 이 책한테 정말로 감사해. 이 책을 읽고서 처음으로 기독교 교리의 진정한 비밀을 아주 쉽고 명료하게 알게 되었어. 이 책의 저자가 어떤 사람이건 간에 그의 가르침을 믿고 안 믿고는 나의 자유로운 선택이라는 생각이 들어.

　그의 교리는 강제성을 띠고 있는 것이 아닌데도 엄청난 힘으로 나를 사로잡았어. 그래서인지 난생처음으로 계시가 무엇인지 알 것 같다는 느낌을 받은 거야. 우리의 마음에서 계시가 일어나기도 전에 교리를 계시라고 앞세우는 행동이야말로 진정한 기독교 정신에 들어서지 못하도록 문을 걸어 잠그는 것이 아닐까? 그것이 얼마나 나를 불안하게 만들었는지 몰라.

　물론 내가 우리 종교의 진실성과 신성함을 의심한다는 뜻은 아니야. 다만 다른 사람에게서 거저 얻은 신앙은 나의 권리가 아니라는 느낌, 이해하지도 못한 채 어릴 적부터 배우고 받아들였던 것은 진정한 내 것이 아니라는 느낌이 든 거지. 그 누구도 우리를 대신해 살거나 죽어 줄 수 없듯이, 어느 누구도 우리를 대신해 신을 믿어 줄 수 없는 거잖아."

　"네 말이 맞아. 기독교 교리는 사도들과 초기 기독교인들의 마음을 휘어잡았던 것처럼 그렇게 서서히 거역할 수 없는 힘으로 우리의 마음을 얻어야 해. 그런데 너무나 막강해서 범접할 수 없는 교회의 율법으로 다가와서는, 아주 어릴 때부터 신앙이라는 이름으로 무조건적인 복종을 요구하지. 바로 그 때문에 치열하고 힘겨운 갈등이 일어나는 것이고.

　생각하는 힘과 진리를 존중하는 사람이라면 빠르건 늦건 간에 언젠가는 의혹을 갖기 마련이야. 그렇게 되면 신앙을 쟁취하기 위해 올바른 길을 가고 있는데도 마음에선 끊임없이 의심과 불신의 공포가 일어나 평온한 삶을 방해하는 거지."

그때 마리아가 내 말을 막으며 끼어들었다.

"최근에 영어로 쓰인 책을 한 권 읽었는데, 그 책에 '진리가 계시를 주는 것이지, 계시가 진리를 주는 것은 아니다.'라는 구절이 있었어. 《독일 신학》을 읽으며 느꼈던 점을 완벽하게 표현한 구절이었지. 그 책을 읽었을 때, 거기에 담긴 진리의 힘이 어찌나 압도적이던지 순종할 수밖에 없다고 느꼈거든.

진리가, 아니 나 자신이 분명해졌고, 태어나서 처음으로 믿는다는 것이 무엇인지를 깨달았어. 진리는 이미 나의 것이었어. 오랜 세월을 거치면서 내 마음속에 깃들어 있었던 거야. 그런데 이름 모를 스승의 말씀이 한 줄기 빛처럼 내 안으로 밀려 들어와 내 마음의 시선을 밝혀 주고, 어렴풋이 예감하고 있던 것을 명확하게 설명해 주었던 거지.

인간의 영혼이 어떻게 해야 믿음을 가질 수 있는지 깨닫게 된 후에 나는 복음서를 읽어 보기로 했어. 그것 역시 우리가 모르는 사람들이 쓴 글이라 생각하고 말이야. 복음서는 성령이 기적을 통해 사도들에게 불어넣어 준 영감이라는 생각, 교회가 기독교 최고의 권위로 인정한 글이라는 생각은 최대한 털어 내 버렸어. 그렇게 하고 나서야 신앙이 무엇인지, 계시가 무엇인지 이해할 수 있었지."

내가 말했다.

"신학자들이 모든 종교를 앗아 가지 않은 것이 놀라워. 신자들이 심각한 얼굴로 '여기까지만. 더 이상은 안 돼요.'라고 말하지 않으면 다 빼앗아 버리고 말 거야.

어느 교회든 신을 위해 봉사하는 종복이 필요하겠지. 그렇지만 여태껏 신부나 목사, 브라만, 샤먼, 승려, 라마승, 바리새인이나 율법학자 같은 사람들 때문에 부패하고 망가지지 않은 종교가 없었잖아? 그들은 신자들의 열에 아홉은 못 알아들을 말로 다투기만 하지. 그들 스스로 복음에 영감을 받고 난 후 그 영감을 다른 사람들에게 전하려는 노력을 하기는커녕, 복음서는 영감을 받은 사람들이 쓴 것이니 진리일 수밖에 없다는 억지스런 증거들만 하염없이 끌어 모으고 있어.

그건 자신들의 미흡한 신앙을 무마하려는 궁여지책에 불과해. 스스로 영감을 받아 본 적도 없는 주제에 어떻게 복음서를 쓴 사람들이 기적적으로 영감을 받았다는 사실을 알 수 있겠어? 그러니까 영감이라는 은총을 교회의 성직자들에게까지 확대하고, 심지어는 종교 회의의 결의에서 다수를 차지한 사람들에게도 허용하는 거야.

그러고 나면 다시 의문이 고개를 들지. 쉰 명의 주교 중에서 스물여섯 명은 영감을 받고 스물네 명은 영감을 받지 못했다는 사실을 어떻게 알 수 있을까? 결국 필사적으로 이렇게 말하곤

하지. 교회의 성직자들은 안수를 통해 오늘날까지 영감과 무오류성(無誤謬性)을 이어받는다고 말이야. 이러한 무오류성과 다수의 원칙, 영감 덕분에 일체의 확신이나 헌신, 두터운 믿음 따위는 필요하지 않다고.

그러나 이런 온갖 연결 고리들을 들이민다 해도 최초의 의문은 너무도 명백하게 되돌아오기 마련이야. B가 A만큼, 혹은 A보다 더 영감을 받지 못했다면 A가 영감을 받았다는 사실을 B가 어떻게 알 수 있을까? A가 영감을 받았다는 사실을 알려면 B는 그 자신이 가진 것보다 더 큰 능력이 필요할 텐데 말이야."

"그렇게까지 확실하게 이해하지는 못했어. 하지만 누군가가 사랑을 하고 있다는 사실을 아는 것이 얼마나 어려운지는 종종 느꼈어. 가짜 사랑이 진짜로 위조되었다는 증거는 없으니까. 그렇다면 스스로 사랑을 아는 사람 말고는 그 누구도 다른 사람의 사랑을 알 수 없다고 생각했어. 또 그 사람은 자신의 사랑을 믿는 만큼만 다른 사람의 사랑을 믿을 거고.

사랑이라는 선물이 이런 것처럼 성령이라는 선물도 다르지 않을 거야. 성령이 임한 사람들은 하늘에서 거센 바람이 불어오는 듯한 엄청난 소리를 듣게 되고, 혓바닥에 불이라도 붙은 듯 자기도 모르는 말을 쏟아 내겠지. 하지만 그 모습을 본 다른 사람들은 깜짝 놀라 어찌할 바를 모르거나 조롱하는 투로 말할 거야.

'많이 취하신 것 같군요.'

이미 말했다시피 《독일 신학》은 내가 나의 신앙을 믿도록 가르쳐 준 책이야. 다른 사람들의 눈에 이 책의 결함으로 보이는 점들이 오히려 내게 확신을 주었어.

그 옛날의 스승은 단 한 번도 자신의 교리를 완벽하게 입증하겠다고 나서지 않았지. 씨 뿌리는 농부처럼 씨앗 몇 알이라도 비옥한 땅에 떨어지면 천 배의 결실을 맺을 것이라는 희망을 안고서 자신의 교리를 흩뿌렸을 뿐이야. 이렇듯 우리의 경건한 스승이 자신의 교리를 입증하려 애쓰지 않았던 이유는 그만큼 진리를 완벽하게 인식하였기에 그런 형식적인 절차가 필요치 않았기 때문이지."

"맞아."

내가 끼어들었다. 순간 스피노자(네덜란드의 철학자로 모든 것이 신이라는 범신론 사상을 역설하였다.—옮긴이)의 《윤리학》에서 보았던, 꼬리에 꼬리를 물고 이어지던 놀라운 증명의 사슬이 떠올랐던 것이다.

"스피노자를 보면, 그의 치밀한 증명은 이 예리한 사상가가 자신의 논리를 진심으로 확신할 수 없었던 게 아닐까 하는 생각이 들게 해. 바로 그 때문에 논리의 그물코 하나하나를 그토록 치밀하게 짜 맞출 필요성을 느꼈을 거라는 인상을 주거든. 그렇지만……."

나는 잠시 뜸을 들였다가 말을 이었다.

"솔직히 말해서, 난《독일 신학》을 읽고 너처럼 대단한 감동을 받지는 않았어. 물론 그 책이 많은 자극을 주긴 했지만 말이야. 내가 보기에 그 책은 인간적인 면과 시적인 면이 부족해. 현실을 향한 따뜻한 마음과 경외감을 도무지 찾아볼 수가 없거든.

14세기를 풍미한 신비주의는 준비 단계로선 유익한 편이었어. 그렇지만 감사하는 마음을 가지고 용감하게 현실의 삶 속으로 돌아갈 때 비로소 해결책을 찾을 수 있지. 바로 루터처럼 말이야.

인간은 살아가면서 한 번쯤은 자신의 무가치를 깨달아야만 해. 혼자서는 아무것도 아니라는 사실을, 자신의 본성과 출생과 영생은 지상의 영역에서 벗어난 불가사의한 것에 뿌리를 두고 있다는 사실을 몸으로 느껴 봐야 해. 그것이 신에게 귀의하는 길이야. 이 지상에서는 결코 목표에 이르지 못하지만, 영혼 속에는 신을 향한 꺼지지 않는 향수(鄕愁)를 남기는 거지.

그렇지만 신비주의자들이 바라는 것처럼 인간이 창조를 끝낼 수는 없어. 인간은 무(無)에서, 다시 말해 오로지 신의 손에 의해 창조되었지만, 자신의 힘으로는 영원히 무로 돌아갈 수는 없다는 거지. 타울러가 자주 거론한 자아 소멸이란 것도 불교에서 말하는 열반(涅槃)이나 영혼의 입적(入寂)과 다를 바가 없어. 그래서 타울러는 이렇게 말하지.

지고의 존재를 향한 엄청난 경외와 사랑 때문에 무로 돌아가고자 하는 이라면 제아무리 깊은 나락이라도 흔쾌히 떨어지려 할 것이다.

하지만 이 같은 피조물의 소멸은 창조주의 뜻이 아니었어. 창조주가 피조물을 창조했으니까 말이야. 아우구스티누스(로마의 주교이자 성인. 고대 플라톤주의와 기독교를 결합하여 중세의 새로운 문화를 열었다.―옮긴이)는 '신이 인간의 모습으로 변하는 것이지, 인간이 신으로 변할 수는 없다.'고 말했지. 그러니 신비주의는 인간의 영혼을 단련시키는 가혹한 시련이 될 수는 있겠지만, 주전자에서 끓는 물처럼 영혼을 증발시키지는 못하는 거야.
　자아의 무가치를 깨달은 사람이라면 그 자아가 진정한 신성의 반사광이라는 사실도 깨달아야 해. 《독일 신학》에 이런 구절이 있어.

　우리에게서 흘러나온 것은 참된 존재가 아니요, 그것은 우연이거나 반사광이며 불빛일 따름이다. 존재는 '완전자' 안에만 있으니, 우연과 반사광, 불빛은 존재가 아니며 존재를 갖지도 아니한다. 존재란 불빛을 내보내는 불꽃, 태양, 빛 그 자체에만 있는 것이다.

하지만 신에게서 흘러나온 것은, 비록 그것이 불꽃의 불빛에 불과하다 할지라도 자기 안에 신의 실체를 담고 있어. 그렇기에 불빛이 없는 불꽃이 무슨 소용이며, 빛이 없는 태양, 피조물이 없는 창조주가 무슨 의미가 있는지 묻고 싶어지지. 바로 그 질문에 대한 대답이 이 구절에 담겨 있어.

  인간과 피조물이 신의 은밀한 충고와 의지를 경험하고 알고자 갈망하는 것은 아담과 악마의 행동을 갈망하는 것과 다를 바 없다.

그러니 우리는 자신을 신의 반사광으로 느끼고, 또 그렇게 보이는 것에 만족해야 해. 우리의 영혼을 가득 채우는 신의 빛은 숨겨서도, 꺼 버려서도 안 돼. 마음껏 빛을 발하게 해서 사방을 환히 비추어 주고 온기를 불어넣도록 해야 하는 거야.
  그러고 나면 우리는 혈관에서 살아 꿈틀거리는 불꽃을 느끼고, 삶을 향한 한 단계 높은 투지를 갖게 되지. 아무리 사소한 의무에도 신을 떠올리고, 세속적인 것이 신적인 것으로, 유한한 것이 무한한 것으로, 우리의 온 삶은 신 안에서 사는 삶으로 변하는 거야. 신은 영원한 안식이 아니라 영원한 생명이야. 신에게 의지가 없다고 말한 안겔루스 질레지우스(신비주의적인 종교시를 쓴 독일의 종교 시인이자 성직자―옮긴이)는 그 사실을 잊어버린 거지.

우리는 기도한다. '주여, 뜻대로 하소서.'라고.
그러나 보라, 신께는 의지가 없다. 신은 영원한 정적이다.

마리아는 차분하게 내 말에 귀를 기울였다. 그러고는 잠시 생각에 잠겨 있다가 이렇게 말했다.
"너의 신앙은 건강하고 힘이 넘쳐. 하지만 이 세상엔 평온과 휴식을 갈망하는 지친 영혼도 있는 법이야. 너무나 외롭다고 느끼기 때문에 신에게 돌아가 영원히 잠이 든다고 해도 세상을 그리워하거나 아쉬워하지 않지. 지금이라도 온전히 신에게 귀의할 수 있다면 진정한 안식이 찾아오리라 예감하는 거야. 왜냐하면 그들에겐 세상과 자신을 꽁꽁 묶어 줄 끈이 없고, 안식의 희망 이외엔 그 어떤 희망도 그들의 심장을 뒤흔들지 못하기 때문이지.

안식이 지고의 선이기에, 신이 안식이 아니라면
나는 바로 신 앞에서 두 눈을 감으리.

너는《독일 신학》을 부당하게 평가하고 있는 것 같아. 물론 저자는 외적인 삶은 가치가 없다고 말하기는 해. 그렇지만 삶 자체가 사라지기를 원하지는 않았어. 그 책의 이십팔 장을 읽어 줄래?"

내가 책을 들어 읽기 시작하자 그녀는 조용히 눈을 감았다.

진실로 합일이 일어나 존재하는 곳에서는 내적 인간이 활동하지 않는다. 신이 외적 인간을 활동하게 하기 때문이다. 그것은 마땅히 그래야 하는 것이기에 외적 인간은 이렇게 말한다.

'나는 존재하는 것과 존재하지 않는 것, 사는 것과 죽는 것, 아는 것과 모르는 것, 행동하는 것과 행동하지 않는 것, 이 모든 것에 의지를 가지지 아니한다. 모든 것이 이와 같으며 반드시 그래야 한다. 나는 마땅히 그래야 하는 모든 것을 감내하거나 행하면서 준비하고 순종할 따름이다.'

그렇기에 외적 인간은 이유를 묻거나 원망하지 않으며 영원한 의지를 따르는 것에 만족해야 하리라. 내적 인간은 활동하지 않고, 반드시 외적 인간이 활동해야 한다. 내적 인간이 활동하며 '왜?'라고 묻는다면 그것 역시 영원한 의지에 따른 것이리라. 신이 스스로 인간이 되거나 인간인 때가 바로 이런 경우이다. 그 사실을 우리는 그리스도에게서 알아볼 수 있다.

합일이 신과 신의 빛 안에서 이루어지는 곳에서는 정신의 교만이나 경박한 자유, 분방한 심성은 찾아볼 수 없다. 그곳에는 끝없는 순종과 몸을 낮추고 고개를 숙이는 우려의 마음, 방정한 품행과 성실, 평등과 진실, 평화와 만족 같은 미덕이라 부를 수 있는 모든 것이 반드시 자리한다. 그렇지 않은 것은 앞에서 말했던 합일이 아닐

것이니.

  그 어떤 것도 합일에 도움을 주거나 봉사할 수 없다. 마찬가지로 합일을 교란시키고 방해하는 것은 아무것도 없다. 합일에 큰 해를 끼치는 것은 오로지 인간 자신의 의지뿐이기 때문이다. 그 사실을 명심해야 할 것이로다.

"그 정도면 됐어."
마리아가 말했다.
"이젠 우리가 서로를 이해했다고 생각해. 저자는 책의 다른 대목에서 좀 더 명확하게 말하고 있어. 어떤 인간도 죽음 앞에서는 의연할 수 없다고 말이야. 신이 임한 인간이라 할지라도 신의 뜻이 아니면 혼자서는 아무것도 할 수 없는 신의 손, 혹은 신이 임하시는 집에 불과하다는 거지. 신께 몸을 맡긴 사람은 그 사실을 몸으로만 느낄 뿐 말로 표현하지 않아. 그저 사랑의 비밀을 간직하는 것처럼 신 안에서 사는 자신의 삶을 지키는 거야.
  난 가끔씩 내가 저 창문 밖에 서 있는 은백양나무가 된 것 같은 기분이 들 때가 있어. 지금처럼 해가 지면 이파리 하나도 흔들리지 않고 꼼짝없이 서 있지만, 날이 밝아 아침 바람이 불기 시작하면 잎들은 모조리 몸을 흔들며 요동을 치지. 그래도 줄기와 가지는 가만히 제자리를 지키고 있어. 가을이 오면 떨고 있던 잎사귀들은 모두 땅에 떨어져 시들어 버리지만 줄기는 다시 찾아올 봄을 기다리며 꿋꿋하게 서 있는 거야."

마리아가 자신의 세계에 너무도 깊이 빠져 있었기에 나는 그녀를 방해하고 싶지 않았다. 사실 나 자신도 그와 같은 꼬리에 꼬리를 물고 이어지는 생각의 사슬에서 간신히 빠져나온 터였다. 우리에게 이토록 많은 근심이 주어진 상황에서, 그녀 안에 자리잡고 있는 몫이 과연 올바로 선택된 것인지는 알 수 없었다.

그렇게 매일 저녁 우리는 새로운 대화를 나누었다. 그런 시간이 계속될수록 이 가늠할 수 없는 여인의 마음을 들여다보는 나의 눈도 커져 갔다. 마리아는 내게 아무것도 감추지 않았다. 그녀가 하는 말은 생각과 느낌 그대로였고, 말하는 내용은 모두가 오랜 세월 동안 그녀 곁에서 함께하며 성숙한 것들이 분명했다. 그녀는 성 안을 돌아다니며 꽃을 가득 꺾은 뒤 아무 미련 없이 모조리 풀밭에 던져 버리는 태평한 아이처럼 자신의 온갖 생각을 털어놓았다.

나는 나의 영혼을 그녀처럼 솔직하게 열어 보일 수가 없었다. 그 사실 때문에 마음이 무겁고 괴로웠다. 그러나 이 사회는 도덕이나 예의, 또는 사려나 현명함, 삶의 지혜와 같은 이름으로 우리에게 끝없이 기만을 요구하고, 우리의 일생을 가장무도회로 만들고 있지 않은가? 이런 상황에서 설사 스스로 원해서 그 무도회에 참여했다 하더라도 자기 존재의 완벽한 진실을 되찾을 수 있는 사람이 몇이나 되겠는가?

사랑조차도 자신의 고유 언어로 말하지 못하고, 자신의 침묵을 지키지 못한다. 자유롭게 인사하고 서로를 바라보며 상대에게 헌신하는 대신, 판에 박힌 시인의 표현을 배워 그것으로 꿈을 꾸고 한숨을 쉬고 사랑의 유희를 즐긴다. 차라리 마리아에게 그런 사실을 고백하고 이렇게 말하고 싶었다.

"넌 나를 몰라."

하지만 진실을 그대로 표현할 어떤 말도 떠오르지 않았다. 그래서 떠나기 전에 최근에 산 아널드(영국의 시인이자 비평가. 빅토리아 시대를 대표하는 지식인으로 꼽힌다.—옮긴이)의 시집을 주면서 〈파묻힌 생명〉이라는 시를 읽어 보라고 부탁했다. 그것은 나의 고백이었다. 그러고는 그녀의 침대 옆에 무릎을 꿇고 앉아 말했다.

"잘 자."

"잘 자."

그녀도 인사하며 내 머리에 손을 얹었다. 그러자 내 온몸으로 무언가가 퍼지는 듯하더니, 어린 시절의 꿈들이 내 영혼 속에서 파닥거리며 날아다녔다. 나는 몸이 굳어 버린 사람처럼 자리를 뜨지 못한 채 그저 그녀의 깊고 신비로운 눈동자를 바라보았다. 그녀의 마음에 깃든 평화가 내 마음을 온전히 뒤덮어 버리기를 바라면서. 잠시 그렇게 있다가 자리에서 일어나 말없이 집으로 향했다.

그날 밤, 나는 은백양나무 꿈을 꾸었다. 사방에서 바람이 거세게 휘몰아쳤지만 나뭇가지에 붙은 잎사귀는 하나도 흔들리지 않았다.

파묻힌 생명

이제 우리 사이에는 농담 섞인 말들이 가벼이 오간다.
그러나 보라, 나의 눈이 눈물로 젖어 있음을.
이름 모를 슬픔이 나를 덮친다.

그래, 그래. 우리는 알고 있다.
우리가 농담을 주고받을 수 있다는 것을,
우리가 서로를 향해 미소 지을 수 있다는 것을.
하지만 이 가슴에는 무언가 남아서
그대의 농담도 안식이 되지 못하고
그대의 화사한 미소도 마음을 달래 주지 못한다.

그대의 손을 내게 주고 잠시만 말없이 있어 주오.
사랑하는 이여, 그 맑은 눈동자를 내게 향하여
그대의 깊은 속내를 읽게 해 주오.
아, 사랑마저 이리 허약하여

마음의 빗장을 열고 말하게 할 힘이 없는가?
사랑하는 연인들마저
서로에게 진심을 보여 줄 힘이 없단 말인가?
나는 알고 있었네.
수많은 사람들이 자신의 생각을 숨긴다는 것을.
자신의 생각을 보여 주면 무관심하게 지나치지 않을까,
비난을 받지 않을까 두려워한다는 것을.
나는 알고 있었네.
사람들이 거짓 탈을 쓰고 살아 움직인다는 것을,
남들은 물론 자신에게마저 이방인으로 남는다는 것을,
그러나 모든 이의 가슴속에는 똑같은 심장이 고동치고 있음을.

그렇다면 사랑하는 이여, 우리는 어떠한가?
그러한 주문이 우리의 가슴과 목소리를 마비시킨단 말인가?
우리마저도 벙어리 노릇을 해야 한단 말인가?
아, 우리만이라도,
한순간만이라도 우리의 심장을 풀어헤칠 수 있다면,
우리의 입술을 옭아맨 사슬을 풀 수 있다면.
그것을 옭아매고 있는 것은 바로 우리의 운명이니!

운명은

인간이 얼마나 보잘것없는 아기가 될지 예견하고,
하찮은 오락거리에 사로잡히며
온갖 싸움질에 끼어들고
자신의 본성마저도 바꾸어 버릴 것이라는 사실을 예견하고서
경박한 놀음 가운데에서도 진실한 자아를 지키라고,
방종 속에서도 존재의 법칙에 순종하라고,
숨어 있는 인생의 강물에게
우리 가슴의 깊디깊은 곳을 지나
보이지 않는 흐름을 따라 계속 나아가라고 명령하였다.
그리하여 우리는 숨겨진 강물을 보지 못하고
영원히 그 강물과 함께 흘러가면서도
장님처럼 불확실함 속을 표류하는 듯 보인다.

그러나 이 세상에서 가장 붐비는 거리에서도
소란스러운 싸움 중에도
가끔씩 파묻힌 생명을 알고자 하는
말로 표현할 길 없는 욕구가 솟구쳐 오른다.
그것은 우리의 참된 본래의 길을 찾고자
열정과 지칠 줄 모르는 힘을 쏟아 부으려는 갈증이다.
우리의 마음 깊숙한 곳에서 그토록 세차게 고동치는
이 심장의 신비를 캐고자 하며,

우리가 어디에서 와서 어디로 가는지
알고 싶어 하는 갈망이다.
그리하여 많은 사람들이 자신의 가슴속을 파헤쳐 보지만
아, 누구도 그 깊은 곳까지 파고들지 못하니!
우리는 수천 갈래의 길에 서 있었고,
그 길 곳곳에서 재능과 힘을 보았다.
그러나 단 한순간도 우리 자신의 길에 서 있어 보지 못했고
우리 자신이었던 적도 없었다.
우리의 가슴을 흘러 지나는 이름 모를 감정들 중에서
단 하나도 표현할 능력을 갖추지 못했다.
그리하여 그 감정들은 영원히 표출되지 못한 채 흘러가고
그토록 오랜 세월 동안 우리는 숨겨진 자아를
말과 행동으로 표현하려 애썼지만 모두 허사였다.
우리의 말과 행동은 달변이며 그럴싸할지 모르나
진실은 아닌 것이다.

이제 우리는 더 이상 내면의 분투로
괴로워하고 싶지 않기에 순간에게 요청한다.
온갖 무의미한 것들로
우리의 고통을 잊게 하고 마비시켜 달라고.
그러면 그것들은 부르는 즉시 달려와 우리를 마비시킨다.

하지만 아직도 때로는 희미하고 고독하게,
까마득히 먼 나라에서 오듯
영혼의 저 깊은 밑바닥에서
산들바람과 함께 떠다니는 메아리가 찾아와
우리의 하루하루에 우수를 전한다.

다만, 아주 드물게,
사랑하는 이의 손이 우리의 손을 잡을 때면,
무한한 시간의 성마름과
반짝이는 빛에 지쳐
우리의 눈이 상대의 눈길이 전하는 메시지를 또렷하게 읽을 수 있을 때면,
세상사에 무심한 우리의 귓가에
사랑하는 이의 목소리가 부드럽게 울릴 때면,
우리의 가슴 어딘가에서 빗장이 풀리고
잃어버린 감정의 맥박이 다시 고동치며
눈은 내면을 향하고, 가슴은 평온해져서
우리는 뜻한 바를 말로 전하고 원하는 바를 알게 된다.
인간은 생의 강물을 알아보고
굽이치는 강물의 속삭임을 들으며
강물이 흐르는 초원과 태양과 산들바람을 보게 된다.

하염없이 날아다니며 달아나는 그림자 같은 휴식을
영원히 뒤쫓던 치열한 경주도 마침내 끝이 나는 것이다.
서늘한 바람이 그의 얼굴을 스치고
보기 드문 평온이 그의 가슴을 찾는다.
그러면 그는 생각하리라.
자신의 생명을 싹 틔웠던 언덕과
그 생명이 가게 될 바다를 알고 있다고.

제 7 장
여섯 번째 회상

다음 날 아침 일찍 방문을 두드리는 소리가 나더니, 궁중 고문관인 노의사가 들어왔다. 그는 이 작은 도시에 사는 사람들의 친구로, 몸과 마음을 모두 돌봐 주었다.

그는 이곳에서 두 세대가 나고 자라는 모습을 지켜보았다. 자신이 받은 아이들이 어느새 다 자라서 부모가 되었건만, 그는 그들 모두를 여전히 자기 자식처럼 생각했다. 정작 그 자신은 결혼을 하지 않았고, 나이가 매우 많은데도 불구하고 여전히 정정하고 멋진 모습을 간직하고 있었다.

지금 내 기억 속에 남아 있는 그의 모습은 그날 내 앞에 서 있던 모습 그대로였다. 밝고 푸른 눈동자가 짙은 눈썹 밑에서 반짝거렸고, 백발이 성성한 머리카락은 아직도 젊은 기운이 넘치는 듯 윤기가 흘렀다. 은장식이 달린 구두와 흰 양말, 언제나 새 것 같으면서도 오래 입은 듯 익숙하던 갈색 웃옷 역시 잊을 수가 없다. 그의 지팡이 또한 어린 시절 내 맥박을 짚을 때나 처방전을 써 줄 때 종종 침대 가에 세워 두었던 바로 그것이었다.

나는 자주 아팠다. 하지만 매번 다시 건강하게 일어날 수 있었던 것은 그에 대한 신뢰 덕분이었다. 그가 나를 낫게 해 줄 것이라는 사실을 단 한 번도 의심해 본 적이 없었다. 내가 아플 때 어머니가 그를 부르러 사람을 보냈다는 말은 마치 찢어진 바지를 수선하려고 재봉사를 불러온다는 얘기처럼 들렸다. 나는 그저 약만 열심히 먹으면 되었고, 그러고 나면 반드시 회복이 되었다.

그가 방으로 들어오면서 말했다.

"어떻게 지내나? 그리 좋아 보이지는 않는군. 공부도 좋지만 너무 무리하지는 말게. 아쉽지만 오늘은 자네와 긴 이야기를 할 시간이 없네. 내가 온 것은, 두 번 다시는 마리아 백작을 만나지 말라는 말을 하기 위해서야. 어제 밤새도록 그녀 옆을 지켰네. 그건 자네 탓이야. 마리아가 오래 살길 바란다면 다시는 찾아가지 말게나. 가능한 한 빨리 시골로 보낼 생각이네. 자네도 잠시 여행이라도 다녀오는 게 좋겠지. 자, 그럼 잘 지내게. 그리고 내 부탁을 꼭 들어주길 바라네."

그는 말을 마치며 내게 악수를 청하더니, 약속이라도 받아 내려는 듯이 다정하게 내 눈을 바라보았다. 그러고는 그를 기다리는 병든 아이들을 돌보러 서둘러 나갔다.

너무나 갑작스레 타인이 내 영혼의 비밀 속으로 깊숙이 밀고 들어와서 나는 몹시 놀랐다. 더구나 그는 나 자신도 모르고 있던 것을 알고 있었기에 더욱 그러했다. 나는 그가 우리 집에서 나간 뒤 한참이 지나서야 겨우 생각을 추스를 수 있었다. 그러자 불 위에 잠잠하게 놓여 있던 물이 갑자기 부글부글 끓어올라 결국 넘치고 마는 것처럼 내 마음이 요동치기 시작했다.

마리아를 다시는 못 만난다고? 그녀 곁에 있을 때에만 나는 진정으로 살아 있음을 느낀다. 아무 말도 하지 않고 조용히 있을 텐데, 그녀가 잠이 들어 꿈을 꿀 때면 가만히 창가에 서 있기만 할 텐데. 그런데도 그녀를 다시 볼 수 없다고? 작별의 인사조차 할 수 없다고?

그녀는 내가 그녀를 사랑한다는 걸 모른다. 알 리가 없겠지. 아니, 난 그녀를 사랑하지 않는다. 나는 아무것도 탐하지 않는다. 아무것도 바라지 않는다. 그녀 곁에 있을 때 내 심장은 가장 평온히 뛰지 않는가? 그러나 난 그녀가 곁에 있음을 느껴야만 한다. 그녀의 영혼을 호흡해야만 한다. 나는 그녀 곁에 있어야만 해! 그녀도 나를 기다릴 것이다.

운명이 아무 뜻도 없이 우리 두 사람을 만나게 했단 말인가? 내가 그녀의 위안이, 그녀가 나의 평온이 되어서는 안 된단 말인가? 인생은 장난스런 게임이 아니다. 두 영혼의 만남이 뜨거운 열풍 때문에 만났다가 흩어지는 저 사막의 모래알과 같을 수는 없지 않은가.

다정한 운명이 우리에게 데려다준 영혼은 꽉 붙잡아야 한다. 우리를 위해 점지된 사람이므로. 그 사람을 위해 살고 투쟁하고 죽을 용기가 있다면, 그 어떤 힘도 우리에게서 그를 빼앗아 가지 못하리라. 꿈처럼 달콤한 시간을 보냈던 나무 그늘을 천둥소리가 울리자마자 떠나 버리듯, 지금 내가 그녀의 사랑을 떠나보낸다면 그녀는 분명 나를 경멸할 것이다.

갑자기 마음이 고요해졌다. 오직 '그녀의 사랑'이라는 말만이 내 귓가에 맴돌았다. 그 말이 내 마음의 구석구석에서 메아리처럼 자꾸만 울려 왔고, 나는 그런 내 모습에 몹시 놀랐다. 그녀의 사랑……. 과연 나에게 그녀의 사랑을 얻을 자격이 있을까? 그녀는 나를 잘 모른다. 설사 그녀가 나를 사랑한다고 해도, 나는 천사의 사랑을 받을 자격이 없는 사람이라는 것을 그녀에게 먼저 고백해야 하지 않을까?

푸른 하늘을 향해 날아오르려 하지만 자신을 둘러싼 창살을 보지 못하는 새장 안의 새처럼, 내 마음속에서는 온갖 생각과 희망들이 솟구쳐 올랐다가 속절없이 도로 가라앉았다. 그런데 이 모든 행복은 그렇게 가까이 있는데도 어째서 쉬이 다가갈 수 없는 것인가! 신은 기적을 일으킬 수 없는가? 매일 아침 기적을 행하지 않는가? 내가 진심 어린 믿음으로 지친 심신이 위안과 도움을 얻을 때까지 간절히 매달릴 때면, 신은 종종 내 기도를 들어 주지 않던가!

우리가 바라는 것은 세속적인 재산이 아니다. 우리는 그저 서로를 찾아내고 알아본 두 영혼이 손에 손을 잡고 서로의 눈을 바라보며 이 짧은 인생을 마칠 수 있기를 바랄 뿐이다. 그래서 목적지에 이를 때까지 나는 고통에 빠진 그녀의 버팀목이 되고, 그녀는 나의 달콤한 근심이 되기를 바랄 뿐. 훗날 그녀의 인생에도 봄날이 약속된다면, 그녀의 고통이 덜어진다면! 오, 이 얼마나 행복한 상상이란 말인가!

돌아가신 마리아의 어머니는 티롤에 있는 성을 그녀에게 물려주었다. 그곳 푸르른 산속에서 맑은 공기를 들이마시며, 건강하고 세속에 물들지 않은 사람들 곁에서, 번잡한 세상에서 멀리 떨어진 채 근심과 다툼을 훌훌 벗어던지고, 질시도 비난도 없는 그곳에서 행복한 평온을 느끼며 인생의 황혼을 맞이할 수 있을까? 저녁놀처럼 말없이 떠나갈 수 있을까?

그 순간 나는 살아 있는 듯 잔잔하게 넘실거리는 어두운 호수와 그 호수에 비친 먼 빙산의 투명한 그림자를 보았다. 어디선가 양 떼의 방울 소리와 양치기의 노랫소리가 들려왔다. 또 어깨에 총을 메고 산을 넘어가는 포수와 해가 지면 마을로 모여드는 노인과 젊은이들을 보았다. 마리아는 곳곳마다 평화의 천사처럼 축복을 뿌리며 지나갔다. 나는 그녀의 충실한 안내인이자 친구였다.

바보 같으니라고! 나는 소리쳤다. 이 바보 같은 녀석! 내 마음은 어릴 때처럼 여전히 터무니없고 우둔하단 말인가? 정신 차려. 네가 누구인지, 그녀와 얼마나 먼 존재인지 생각해 봐! 그녀는 친절하고, 다른 영혼에 자신의 모습을 비춰 보기를 즐기지. 하지만 아이처럼 거리낌 없는 태도와 솔직한 모습이야말로 그녀의 마음속에 너를 향한 특별한 감정이 깃들어 있지 않다는 증거가 아니고 무엇이냐!

맑디맑은 여름밤 혼자서 너도밤나무 숲을 거닐 때, 달이 온 나뭇가지와 이파리에 은빛을 뿌리는 모습을 보지 않았던가? 달은 어둡고 탁한 연못에도 빛을 비추고, 제아무리 작은 물방울에도 찬란하게 반사되지 않는가. 그녀 역시 그렇게 이 어두운 생을 바라보고 있고, 너 또한 그녀의 부드러운 빛을 네 심장에 담고 싶어 하는 것이지. 그렇지만 그 이상의 따스한 눈빛을 기대하진 마!

그때 갑자기 마리아의 모습이 내 눈앞에 생생하게 나타났다. 그녀는 기억 속의 모습이 아니라 환영처럼 내 앞에 서 있었다. 그제야 나는 그녀가 얼마나 아름다운지 처음으로 깨달았다. 그것은 사랑스러운 아가씨를 처음 보았을 때 우리의 눈을 멀게 만드는 형태나 색의 아름다움이 아니었다. 그런 아름다움은 봄날의 꽃처럼 이내 사라지고 만다. 마리아의 아름다움은 그녀의 본성 자체가 만들어 내는 조화였다. 동작 하나하나가 모두 진실하고 영적으로 승화된 표현이며, 육신과 영혼이 완벽하게 어우러지는, 보는 이를 바로 행복하게 만드는 아름다움이었다.

자연이 아낌없이 베풀어 준 아름다움은 인간이 그것을 제 것으로 만들지 못하면, 다시 말해 노력하여 쟁취하지 않으면 만족을 주지 못한다. 그렇게 하지 않으면 그 아름다움은 오히려 불쾌감만 안겨 줄 뿐이다. 그것은 마치 여배우가 여왕의 옷을 입고서 무대 위를 걸어 나올 때, 한 걸음 한 걸음 다가올수록 그 옷이 그녀에게 어울리지 않으며 그녀의 것이 아니라는 사실을 확연히 드러내는 것과 다르지 않다.

진정한 아름다움은 기품이다. 기품은 모든 고난과 육체적인 것은 물론 세속적인 것이 정신화된 모습을 보여 준다. 그것은 추악한 것도 아름답게 만드는 정신의 존재를 증명한다.

내 앞에 서 있는 환영을 바라볼수록 나는 그 외면의 고귀한 아름다움과 그 존재 자체에 깃든 영혼의 깊이를 알아보았다. 아, 그토록 벅찬 행복이 내 가까이에 있다니!

그러나 그것은 그저 나에게 지상 최고의 행복을 보여 준 다음, 밋밋한 인생의 사막으로 영원히 내몰기 위한 과정이었을 뿐이다. 오, 차라리 이 땅에 어떤 보물이 묻혀 있는지 예감조차 못했다면 좋았을 것을! 한 번 사랑하고 영원히 혼자여야 하는가? 한 번 믿고 나서 영원히 절망해야 하는가? 한 번 빛을 보고 영원히 눈이 멀어야 한단 말인가? 그것은 인간이 행하는 그 어떤 고문보다 더 지독한 고문이다.

그렇게 나의 생각은 미친 듯이 쫓고 쫓기며 날뛰었다. 그러다 마침내 모든 것이 잠잠해지고, 소용돌이치던 상념들이 점차 한곳으로 모여 자리를 잡았다. 어떤 이들은 이런 고요하고 지친 상태를 심사숙고라 부를지도 모른다. 하지만 그것은 그저 관찰과 같은 것일 뿐이다.

온통 뒤죽박죽이 된 생각에게 시간을 주면, 그것들은 영원한 법칙에 따라 저절로 결정체를 만든다. 그 과정을 화학자처럼 관찰하고 있으면 각각의 요소들이 차차 하나의 형태를 띠어 가는 것을 볼 수 있다. 그러면 우리는 기대했던 것과는 전혀 다른 그 형태와 우리 자신의 모습에 놀라움을 금치 못하게 된다.

멍하게 한곳만을 응시하던 상태에서 깨어나 내가 처음으로 한 말은 "떠나야 해."였다. 그 즉시 나는 자리를 잡고 앉아 노의사에게 편지를 썼다. 두 주 동안 여행을 다녀올 테니 뒷일을 부탁한다는 내용이었다. 부모님에게 둘러댈 핑곗거리를 찾는 일은 어렵지 않았다. 그날 저녁, 나는 티롤을 향해 길을 떠났다.

제 8 장

일곱 번째 회상

친구와 손을 잡고 티롤의 산과 계곡을 누빈다면 인생의 활력과 기쁨을 한껏 느낄 수 있을 것이다. 하지만 똑같은 길이라 해도 혼자서 외로이 생각에 잠긴 채 산을 오르는 것은 부질없는 시간이요, 헛된 노고일 뿐이다!

푸르른 산과 깊은 계곡이 내게 무슨 도움이 되며, 맑은 호수와 힘차게 쏟아지는 폭포가 무슨 소용이 있단 말인가? 내가 그 풍경을 감상하는 것이 아니라 오히려 그것들이 나를 바라보다가 고독한 한 인간의 얼굴에 놀라는 듯하다. 이 넓디넓은 세상에서 내 곁에 있기를 바라는 이가 하나도 없다는 사실이 내 심장을 아프게 조여 온다.

매일 아침 나는 그런 생각들과 함께 눈을 떴다. 생각들은 온종일 머리에서 떠나지 않은 채 저절로 입에서 흘러나오는 노래처럼 나를 쫓아다녔다.

해가 저물어 여인숙으로 들어가 지칠 대로 지친 몸으로 털썩 주저앉으면 사람들의 눈길이 모두 내게로 향했다. 그들은 고독한 방랑자의 행색을 의아하다는 듯 바라보았다. 그러면 나는 내가 외롭다는 사실을 아무도 모르는 밤거리로 다시 달려 나갔다. 그러고는 아주 늦은 밤이 되어서야 여인숙으로 돌아와 살그머니 내 방으로 올라갔다. 따뜻한 침대에 몸을 던지면 잠이 들 때까지 슈베르트의 노래가 내 귓가를 맴돌았다.

"네가 없는 곳, 그곳에 행복이 있나니."

어디를 가도 마주치는 사람들마다 아름다운 자연을 즐기며 환호하고 웃고 떠들었다. 나는 도저히 그들을 참을 수가 없어서, 결국 낮에는 잠을 자고 밤이 되면 밝은 달빛에 의지해 정처 없이 발길을 재촉했다. 그럴 때면 나의 상념을 쫓아내는 하나의 감정이 몰려왔다. 바로 두려움이었다.

길도 모르는 산속을 밤새도록 혼자서 헤매어 보라. 눈은 심하게 예민해져서 도저히 알아볼 수 없는 먼 형체까지도 눈에 들어오고, 귀는 병적일 정도로 긴장하여 어디서 들려오는지도 모를 소리를 듣게 된다. 발은 바위틈 사이로 불거져 나온 나무뿌리에 걸리거나, 폭포가 흩뿌린 물기에 젖어 미끄러워진 길에서 갑자기 비틀거린다. 그러느라 우리의 가슴속은 온기를 선사할 기억도, 불꽃을 피워 줄 희망도 남아 있지 않은 삭막한 황무지가 된다. 홀로 산속을 헤매어 보라. 차가운 밤의 한기를 안팎으로 느낄 것이다.

인간의 마음이 처음으로 느끼는 두려움은 신에게 버림받았다는 감정에서 생겨난다. 하지만 삶이 그 두려움을 쫓아 준다. 바로 신의 형상을 본떠 창조된 인간들이 고독한 우리에게 위안을 주기 때문이다. 그러나 그 인간의 위안과 사랑마저 떠나면, 우리는 정말로 신과 인간 모두에게서 버림받는다는 느낌이 어떤 것인지 알게 된다.

그리고 자연은 우리를 위로하기보다는 말없는 시선으로 두려움에 떨게 한다. 두 발로 바위를 단단히 딛고 서 있어도, 그 바위는 한때 자신을 서서히 생성시켰던 바다의 먼지처럼 떨고 있는 듯하다. 우리의 눈이 빛을 원할 때, 마침 달이 전나무 숲 뒤편으로 솟아오르며 달빛에 환해진 암벽에다 뾰족한 나무 그림자를 던진다. 그러면 그 그림자는 한때 태엽을 감았지만 이제는 멈춰 버린 시계의 죽은 바늘처럼 보이는 것이다. 별들과 드넓은 하늘조차도 외로움과 고독함에 몸을 떠는 영혼에게 안식처가 되어 주지 못한다.

다만 한 가지 생각만이 가끔씩 우리를 위로한다. 그것은 자연의 느긋함, 질서, 무한함과 필연성이다. 여기 폭포가 잿빛 바위를 검푸른 이끼로 뒤덮어 놓은 곳, 그 서늘한 그늘 속에서 한 송이 푸른 물망초가 눈에 띈다. 그것은 온갖 무한한 존재들을 탄생시켰던 천지 창조의 아침부터 지금까지 지상의 모든 시냇가와 초원에서 끊임없이 꽃을 피우는 수백만 송이의 꽃들 중 하나이다. 그러나 꽃잎의 윤곽 하나, 꽃받침 속의 수술 한 가닥, 뿌리에 뻗은 섬유질 하나하나도 이미 정해진 수로 이루어져 있기에 이 세상 그 어떤 힘도 그것을 늘리거나 줄이지 못한다.

우리의 흐린 눈을 갈고 닦아 초인적인 힘으로 자연의 비밀을 조금 더 깊이 들여다보라. 이 현미경이 우리에게 씨앗과 꽃봉오리와 꽃의 조용한 작업장을 열어 보이면, 우리는 그 세밀하기 이를 데 없는 조직과 세포에서 끝없이 반복되는 형태를 발견할 수 있다. 또 섬세하디섬세한 섬유질은 자연 법칙의 영원한 불변성을 새로이 인식하게 한다.

만약 그보다 더 깊이 파고들어 갈 수 있다면 우리의 시선이 닿는 곳마다 동일한 형태의 세계가 우리를 향해 다가옴을 알게 된다. 그러면 우리의 눈은 거울로 둘러싸인 방에 들어온 것처럼 끝없는 반복 속에서 길을 잃고 말리라. 이 작은 꽃 한 송이 속에 그런 무한한 세계가 숨어 있다!

하늘을 올려다보면서도 영원히 변치 않는 질서를 확인할 수 있다. 위성은 행성의 주위를, 행성은 항성의 주위를, 항성은 새로운 항성의 주위를 돈다. 예리해진 눈으로 보면 아득한 성운조차도 아름다운 신세계가 된다. 생각해 보라. 저 웅대한 천체가 돌고 돌아가는 모습을. 그로 인해 계절이 바뀌고, 이 물망초의 씨앗이 거듭해서 싹을 틔우며, 세포들이 열려 꽃잎이 돋아나고, 꽃들이 양탄자처럼 초원을 장식한다.

그리고 푸른 꽃받침에 붙어 꽃과 함께 흔들리고 있는 저 딱정벌레를 보라. 그것이 생명체로 깨어나 살아 있음을 즐기고 활기차게 호흡하는 모습은 꽃의 세밀한 조직이나 광활한 천체의 역학보다 수천 배는 더 경이롭다. 너 자신 역시 이런 영원한 조직에 속해 있음을 느껴 보라. 그러면 너와 함께 돌고, 너와 함께 살다가 시들어 가는 저 무한한 피조물들이 있다는 사실에 위로를 받을 수 있을 것이다.

하지만 가장 하찮은 것과 가장 위대한 것을 갖추었으며, 지혜와 힘을 지니고, 생성의 기적과 기적의 현존을 모두 포괄하는 이 우주는 어느 한 존재의 작품이다. 그것은 그 앞에서 너의 영혼이 두려움을 느끼며 흠칫 물러서게 하는 존재가 아니라, 나약함과 하찮음을 인식하여 절로 무릎을 꿇어 엎드리게 하는 존재이다. 그의 사랑과 자비를 느끼며 다시금 그를 향해 일어서게 하는 존재인 것이다.

꽃의 세포나 행성의 세계, 딱정벌레의 생명보다 더 무한하고 영원한 무언가가 네 안에 살아 있음을 느끼는가? 그림자와 같은 너의 내부에 영원의 광채가 너를 환하게 밝혀 주고 있음을 깨닫고 있는가? 네 안에서, 네 발 밑에서, 네 머리 위에서 허상을 실상으로, 두려움을 평온으로, 고독을 결속감으로 변화시키는 실재자(實在者)가 어디에나 계시다고 느끼는가? 그렇다면 너는 알게 되리라. 생의 어두운 밤, 네가 누구를 향하여 이렇게 외치는지.

"창조주 아버지시여, 당신의 뜻이 하늘에서 이루어진 것같이 땅에서도 이루어지게 하옵시고, 땅에서 이루어진 것같이 저에게서도 이루어지게 하옵소서."

그러고 나면 네 마음과 주변이 환하게 밝아진다. 새벽의 어둠이 차가운 안개와 함께 자취를 감추며, 새로운 온기가 떨고 있는 자연 속으로 퍼져 나간다. 너는 두 번 다시는 놓지 않을 손을 찾았다. 그 손은 산이 흔들리고 달이 사라질 때에도 널 꽉 붙잡아 줄 것이다. 네가 어디에 있건 너는 그분 곁에 있으며, 그분 역시 영원히 네 곁에 가까이 있다. 꽃과 가시가 있는 이 세상이 그분 것이듯, 기쁨과 고통이 있는 인간 또한 그분의 것이다.

'신의 뜻이 아니라면 제아무리 하잘것없는 일도 일어나지 않으리라.'

그런 생각을 하면서 나는 계속 거리를 걸었다. 때로는 마음이 편했고, 때로는 마음이 아팠다. 우리가 영혼의 가장 깊은 곳에서 안식과 평화를 찾았다 하더라도, 이런 성스러운 은둔 생활에 조용히 머물러 있기란 쉬운 일이 아니기 때문이다. 그렇다. 많은 이들이 평화를 찾아 놓고도 금세 다시 잊어버리기에 그곳으로 돌아가는 길을 알지 못한다.

어느새 몇 주일이 흘렀다. 마리아에게서는 단 한 줄의 소식도 없었다.

'어쩌면 그녀는 벌써 영원한 안식을 찾아갔을지도 몰라.'

그런 생각은 혀끝에서 맴돌면서 아무리 떨쳐 버리려 해도 계속 되돌아오는 또 다른 노래였다. 가능한 일이었다. 의사는 그녀가 심장병을 앓고 있으며, 매일 아침 그녀에게 갈 때마다 이미 세상을 떠났을지도 모른다는 마음의 준비를 한다고 하지 않았던가.

작별 인사도 건네지 못했는데, 마지막 순간까지도 얼마나 사랑하는지 고백하지 못했는데, 그녀가 이 세상을 떠나 버린다면 나는 그런 나 자신을 용서할 수 있을까? 그녀를 뒤쫓아 가서 다음 세상에서라도 꼭 다시 만나, 그녀도 나를 사랑했으며 나를 용서한다는 말을 들어야 하지 않을까?

사람들은 왜 그렇게 즐기면서 삶을 흘려보내는 것일까? 매일이 마지막 날이 될 수 있으며, 잃어버린 시간은 돌아오지 않는다는 것을 왜 알지 못하는가? 어째서 자신이 할 수 있는 최선과 누릴 수 있는 가장 아름다운 것들을 하루하루 미루기만 하는가?

문득 의사를 마지막으로 만났던 날, 그가 했던 말이 모조리 떠올랐다. 그리고 갑작스럽게 여행을 결심한 것은 그저 그에게 나의 강함을 보여 주기 위해서였을 뿐이라는 사실을 깨달았다. 그에게 나의 나약한 모습을 고백하고 인정하는 것이 더 힘겨운 일이었기 때문이다.

이제야 모든 것이 분명해졌다. 나의 의무는 단 하나, 지체 없이 마리아에게 돌아가 하늘이 우리에게 주신 것을 그대로 받아들이는 것이다. 그런데 집으로 돌아가려고 마음을 먹자 의사의 말이 생각났다.

"가능한 한 빨리 시골로 보낼 생각이네."

그녀도 여름이면 대개 자신의 성에서 지낸다고 말한 적이 있었다. 어쩌면 그녀는 그 성에, 내가 있는 이곳에서 아주 가까운 그곳에 있을지도 모를 일이었다. 하루면 그녀에게 갈 수 있을 것이었다. 나는 즉시 실행에 옮겼다. 동틀 무렵 길을 떠나, 해질 무렵에는 벌써 성문 앞에 도착하였다.

고요하고 밝은 저녁이었다. 산꼭대기는 저녁노을에 물들어 황금빛으로 빛나고, 산 중턱은 붉은 기가 감도는 푸른빛으로 물들어 있었다. 계곡에서 잿빛 안개가 피어올라 높이 올라갈수록 색깔이 옅어지더니, 갑자기 구름의 바다처럼 물결치며 서서히 하늘로 솟구쳐 올라갔다.

이러한 색의 향연들은 잔잔하게 물결치는 어두운 호수의 표면에 다시금 비춰 있었다. 호수의 수면에는 산줄기들이 오르락내리락 솟아 있어서, 현실의 세계와 그것의 그림자를 구별해 주는 것은 나무의 우듬지와 교회의 뾰족탑, 그리고 굴뚝에서 솟아오르는 연기뿐이었다.

내 시선은 오로지 한곳을 향해 있었다. 그곳은 바로 내 예감이 마리아를 다시 만나게 해 줄 것이라고 말한 오래된 성이었다. 그러나 창에는 불빛 한 점 보이지 않았고, 해질녘의 정적을 깨뜨리는 발소리 하나 들리지 않았다. 내 예감이 틀린 것일까?

나는 천천히 첫 번째 성문을 지나고 계단을 올라가 성의 안마당으로 들어섰다. 보초 한 명이 마당을 왔다 갔다 하고 있었다. 나는 보초에게 다가가 성에 누가 와 있는지 물었다.

"마리아 백작과 시종들이 와 계십니다."

그의 짧은 대답과 함께 나는 눈 깜짝할 사이에 정문으로 달려가 초인종을 잡아당기고 있었다. 초인종이 울리자 그제야 내가 무슨 짓을 했는지 정신이 번쩍 들었다. 이곳에는 나를 아는 이가 아무도 없지 않은가? 내가 누구인지 말을 할 수도 없었고, 말을 해서도 안 되었다. 더구나 몇 주 동안 산속을 헤매고 돌아다닌 터라 몰골이 영락없는 거지꼴이었다. 무슨 말을 해야 할까? 누구를 찾아왔다고 말해야 하나? 그러나 이런저런 고민을 할 겨를도 없이 문이 열렸다. 제복을 입은 문지기가 문 앞에 서서 의아하다는 시선으로 나를 바라보았다.

나는 마리아의 곁을 절대 떠나는 법이 없는 영국인 부인이 생각나서 그녀가 성에 와 있는지 물었다. 문지기가 그렇다고 대답

하자, 그에게 종이와 펜을 달라고 부탁했다. 그러고는 영국인 부인에게 백작의 건강이 어떠한지 궁금하여 이곳으로 왔다는 내용의 편지를 썼다.

문지기는 하인을 불러 편지를 위층으로 전하게 했다. 긴 복도를 걸어가는 하인의 발소리가 들려왔다. 기다림이 길어질수록 점점 내 처지가 한심하게 여겨져 견디기 힘들었다.

벽에는 후작 가문의 오래된 초상화들이 걸려 있었다. 중무장한 기사들, 예스러운 복장을 한 여자들, 그리고 한가운데엔 붉은 십자가를 가슴에 단 흰 수녀복 차림의 여인 초상화가 있었다. 이런 초상화들은 예전에도 자주 보았다. 그렇지만 초상화 주인공의 가슴에서도 한때 인간의 심장이 뛰고 있었다는 생각은 단 한 번도 해 보지 않았다. 그런데 지금은 그들의 얼굴에서 아주 많은 것을 읽을 수 있을 것 같았다. 그들 모두가 나에게 이렇게 말하는 듯했다.

'우리도 한때는 살아 있었고, 한때는 고통을 겪었다오.'

지금 내 가슴속이 그러하듯, 한때 이 철갑 속 심장에도 비밀이 숨겨져 있었겠지. 또 이 흰 수녀복과 붉은 십자가는 그 주인공의 가슴에서도 지금 내 가슴속에서 미쳐 날뛰는 것과 같은 투쟁이 있었다는 증거이리라. 그러자 그들 모두가 나를 측은하게 바라보고 있는 듯 느껴졌다. 하지만 곧 그들의 얼굴에 고고하고 오만한 표정이 떠오르며 마치 이렇게 말하는 것 같았다.

'너는 우리와 함께할 자격이 없어.'

시간이 지날수록 불안감이 더해 가던 순간, 나지막한 발소리가 나를 몽상에서 깨어나게 했다. 영국인 부인이 계단을 내려오고 있었다. 그녀는 나를 방으로 안내했다. 나는 혹여 그녀가 내 마음속에서 일어나고 있는 일을 눈치채지는 않았는지 탐색하듯 살펴보았다. 하지만 그녀의 표정은 완벽하게 담담했다. 그녀는 별다른 관심을 보이거나 놀란 기색도 없이 그저 침착한 목소리로 말했다.

"마리아 백작님은 오늘 상태가 많이 좋아지셨어요. 삼십 분 후에 뵙자고 하십니다."

수영을 잘하는 사람이 용감하게 바다 멀리까지 헤엄을 쳐 나간다. 그는 팔에 힘이 빠지기 시작해서야 돌아가야겠다는 생각을 한다. 그러고는 저 멀리 있는 해변은 바라볼 엄두조차 내지 못한 채 황망히 물살을 가른다. 팔을 한 번 저을 때마다 자꾸만 힘이 빠진다는 느낌이 들지만, 그 사실을 인정하려 들지 않는다. 그러다 마침내 이러지도 저러지도 못하고 발작적으로 허둥거리며 자신이 어떤 처지인지 의식할 수 없는 상황에 이르게 된다. 그 순간 갑자기 발이 단단한 땅에 닿고, 팔은 해변의 아무 바위나 움켜 안는다.

영국인 부인의 말을 듣는 순간 내 심정이 바로 그러했다. 새로운 현실이 나를 향해 다가왔고 지금까지의 고통은 꿈이었다. 인생에서 그런 순간을 경험하는 사람은 극히 드물다. 수많은 사람들이 그런 기쁨을 알지 못한 채 세상을 떠난다. 그러나 자식을 처음으로 품에 안는 어머니, 전쟁에 나가 공을 세우고 금의환향하는 아들을 맞이하는 아버지, 국민들에게 박수갈채를 받는 시인, 사랑하는 여인에게 따뜻한 손을 내밀었을 때 더 따뜻한 손으로 응답을 받은 청년……. 그들은 알 것이다. 꿈이 현실이 된다는 것이 어떤 의미인지를.

삼십 분이 흘렀다. 하인이 오더니 나를 데리고 길게 늘어선 여러 개의 방을 지나갔다. 그러고는 어떤 방으로 안내한 후 문을 열어 주었다. 해질녘의 어스름한 빛살 속에서 하얀 옷을 입은 형체가 보였다. 그녀의 머리 위쪽으로 나 있는 높은 창으로 호수와 산들이 희미하게 빛나고 있었다.

"만남이란 참으로 묘하지."

그녀의 맑은 목소리가 울려왔다. 한마디 한마디가 무더운 여름 한낮을 보낸 후에 맞는 차가운 빗방울 같았다.

"만남도 묘하고, 헤어짐도 참으로 묘하지."

내가 말을 하며 그녀의 손을 잡았다. 그러자 우리가 다시 만나 서로의 곁에 있다는 느낌이 온몸으로 퍼졌다.

"그렇지만 헤어지는 것은 인간의 탓이야."

그녀가 말했다. 말을 음악처럼 연주해 주던 그녀의 목소리가 좀 더 부드럽게 바뀌었다.

"그래, 그 말이 맞아. 하지만 우선 몸이 괜찮은지 물어봐야겠어. 이렇게 이야기를 나누어도 괜찮은 거야?"

내 물음에 마리아는 미소를 지으며 대답했다.

"사랑하는 나의 친구, 너도 알다시피 난 늘 아파. 내가 기분이 좀 나아졌다고 말한다면 그건 오로지 저 늙으신 의사 선생님을 위해서야. 그분은 내가 태어난 순간부터 지금까지 이렇게 살아 있는 게 오로지 자신과 자신의 의술 덕분이라고 확신하고 계시거든. 도시에 있는 성을 떠나기 전에 그분은 나 때문에 몹시 놀라셨어. 어느 날 저녁 내 심장이 갑자기 멈춰 버렸으니까. 나 역시 두 번 다시는 심장이 뛰지 않을지도 모른다는 생각을 할 정도로 무척 두려웠지. 어쨌든 다 지난 일이야. 굳이 그 이야기를 다시 꺼낼 이유가 어디 있겠어?

내 마음을 어둡게 만드는 건 단 하나뿐이야. 나는 항상 언젠가는 평화로운 마음으로 눈을 감을 수 있을 거라고 믿어 왔어. 그런데 이젠 나의 병이 인생과의 작별마저 방해하고 힘들게 할 것 같다는 느낌이 들어."

그녀는 잠시 말을 멈추었다가 가슴에 손을 얹고 다시 입을 열었다.

"이야기 좀 해 줘. 그동안 어디에 있었던 거야? 왜 그렇게 한참 동안 연락이 안 된 거지? 선생님이 네가 왜 갑자기 떠났는지 하도 많은 이유를 늘어놓으시는 바람에 결국 난 그 말을 모두 못

믿겠다고 했어. 그랬더니 나중에는 그 많은 이유 중에서 가장 믿기 힘든 이유를 대셨어. 그게 뭔지 알아?"

나는 그녀의 입에서 그 말이 나올까 봐 얼른 말을 가로챘다.

"믿기 힘든 이유로 보일 수도 있지. 어쩌면 그 이유는 진실이었을 거야. 그렇지만 다 지난 일이야. 이제 와서 굳이 거론할 이유가 있을까?"

"그렇지 않아. 그게 왜 지난 일이어야 하지? 의사 선생님이 네가 갑자기 떠난 마지막 이유를 말해 주었을 때 난 그분도, 너도 이해할 수 없다고 말했어. 나는 병들고 외로운 여인에 불과해. 그러니 지상에서의 내 삶은 서서히 죽어 가고 있는 거나 마찬가지야. 그런 내게 하늘이 나를 이해하는, 아니 선생님의 표현대로 날 사랑하는 사람을 몇 명 보내 주었다면, 왜 그 사실이 나나 그들의 평화를 깨뜨려야 하는 거지? 선생님이 그런 고백을 했을 때, 마침 난 내가 아끼는 워즈워스(영국의 낭만주의 시인—옮긴이)의 시를 읽고 있던 참이었어. 그래서 이렇게 말했지.

'선생님, 우리는 지나치게 많은 생각을 하는데 그것을 표현할 말은 너무 적게 가지고 있어요. 그래서 말 한마디 한마디에 수많은 생각을 담아내야 하지요. 그 젊은 친구가 나를 사랑한다는 말, 혹은 내가 그를 사랑한다는 말을 누군가가 듣는다면 이렇게 생각할 거예요. 우리가 로미오가 줄리엣을 사랑하듯, 줄리엣이 로미오를 사랑하듯 사랑한다고 말이에요.

만일 그게 사실이라면 그래서는 안 된다는 선생님의 말씀이 아주 지당하겠지요. 하지만 그건 사실이 아니에요. 선생님도 나를 사랑하시잖아요? 나 역시 선생님을 사랑하고 있고요. 오래전부터 사랑했지만 아마 한 번도 그런 이야기를 하지는 않았을 거예요. 그러나 그 때문에 절망하거나 불행했던 적은 없었어요.

그래요, 선생님. 조금 더 말해야겠어요. 내 생각엔 선생님이 불행하게도 나를 사랑하시는 것 같아요. 그래서 그 젊은 친구를 질투하시는 거고요. 내 상태가 아주 좋을 때조차도 매일 아침마다 찾아와 몸이 어떤지 물으시잖아요. 정원에 핀 예쁜 꽃도 가져다주셨고요. 초상화를 달라고도 하셨지요.

그리고, 어쩌면 이 말은 하지 않는 게 좋을지도 모르지만요. 지난 일요일에 내 방에 들어오셨을 때 내가 자고 있다고 생각하셨죠? 물론 나는 정말로 자고 있었어요. 적어도 몸을 꼼짝할 수도 없는 상태였으니까요. 하지만 선생님이 한참 동안 내 침대 곁에 앉아서 나를 뚫어져라 바라보시던 것은 알았어요. 선생님의 눈빛이 내 얼굴에 쏟아지는 햇살처럼 느껴졌지요. 그런데 마침내 선생님의 눈빛이 흐려지더니 굵은 눈물이 뺨을 타고 흘러내리더군요. 선생님은 손으로 얼굴을 감싸 쥐고 '마리아, 마리아!' 하며 흐느끼셨어요.

선생님, 우리의 젊은 친구는 단 한 번도 그런 적이 없었어요. 그런 그를 선생님이 보내 버리신 거예요.'

내 말투가 늘 그렇듯 농담 반 진담 반으로 그렇게 이야기했는데, 내가 한 말이 그분에게 상처가 되었다는 사실을 깨달았어. 그분은 입을 꼭 다문 채 어린아이처럼 부끄러워하셨지. 난 마침 읽고 있던 워즈워스의 시집을 집어 들고 이렇게 말했어.

'여기, 내가 온 마음으로 사랑하는 노인이 또 한 분 계세요. 나는 그분을 이해하고, 그분 역시 나를 이해하지요. 지금껏 한 번도 뵌 적이 없고 앞으로도 만날 일이 없을 테지만, 세상사가 다 그렇잖아요.

선생님에게 그분의 시 한 편을 읽어 드리고 싶어요. 들어 보시면 사람이 어떻게 사랑할 수 있는지 알게 될 거예요. 사랑이란 남자가 사랑하는 여자에게 내리는 말없는 축복이며, 그는 축복을 내린 후 기쁨에 겨운 비애를 느끼며 제 갈 길을 계속 걸어간다는 것을 말이에요.'

난 선생님에게 워즈워스의 〈고지(高地)의 소녀〉를 읽어 드렸어. 저 램프를 좀 더 가까이 당겨 놓고 네가 다시 한 번 그 시를 읽어 주면 좋겠어. 그 시를 들으면 기운이 솟는 것 같거든. 그 시에는 눈 덮인 산의 순결한 가슴을 사랑과 축복의 팔로 껴안는, 저 무한하고 고요한 저녁노을 같은 정신이 깃들어 있어."

마리아의 목소리가 내 영혼에서 느릿느릿 조용하게 울려 퍼지는 가운데, 내 마음도 다시 고요해지고 엄숙해졌다. 폭풍은 지나갔다. 그리고 그녀의 모습은 달빛처럼 잔잔하게 넘실대는 내 사랑의 파도를 타고 둥실둥실 떠다녔다. 사랑! 사랑이란 만인의 가슴을 타고 흐르는 이 세상의 바다이다. 그래서 누구나 그것을 자신의 사랑이라 부르지만, 사실 그것은 온 인류를 소생시키는 만인의 맥박인 것이다.

 창문 밖의 자연은 짙은 어둠이 깃들면서 점점 더 고요해졌다. 눈앞에 펼쳐진 저 자연처럼 나 역시 침묵하고 싶었다. 그러나 그녀가 내게 시집을 건네주었기에, 나는 시를 읽기 시작했다.

 사랑스러운 고지의 소녀여,
  홍수처럼 밀려드는 아름다움은 그대가 이 지상에서 가진 재산이로구나!
 일곱을 곱절한 세월이
 그대의 머리 위에 최고의 은혜를 베풀었구나.
 여기 이 잿빛 바위들, 저기 저 평범한 잔디밭,
 이제 막 반쯤 베일을 벗은 저 나무들,
 조용한 호수 곁에서
 혼잣말을 중얼거리며 쏟아지는 폭포수,
 이 작은 계곡, 그대의 거처를 감싸는
 한적한 산길.
 진실로 너희들이 함께 어울리니
 마치 꿈에서 만든 것 같구나.

속세의 근심이 잠들면

남모르는 은신처에서 얼굴을 내미는 형상들이여!

그러나 오, 아름다운 그대여,

평범한 일상의 빛을 받아도 이렇듯 신성하게 빛나는 그대.

허망한 환영일지라도 그대를 축복하노라.

한 인간의 가슴으로 그대를 축복하노라.

그대가 눈감는 날까지 신께서 그대를 지켜 주시기를!

나 그대를 모르고, 그대의 친구들도 그대를 모르지만

내 눈에는 눈물이 가득하구나.

나 멀리 떠날 때면

그대를 위해 진심으로 뜨겁게 기도하리라.

완벽한 순결 속에서 성장하며

친절과 순진함이

이보다 더 또렷이 드러나는

자태나 얼굴을 단 한 번도 본 적이 없노라.

여기 제멋대로 흩뿌린 씨앗처럼

세상과 동떨어진 이곳에 뿌려진 그대,

그런 그대에게

소심한 고민의 당혹스러운 표정이나

처녀다운 수줍음이 무슨 필요가 있겠는가.

그대의 이마에는
산(山)사람의 자유가 또렷이 새겨져 있다.

기쁨이 넘치는 얼굴이여!
온정이 드러나는 부드러운 미소여!
그대의 인사에서 엿보이는 완벽한 어울림이
그대의 몸가짐에 드리워 있노라.
그대는 거침이 없다. 다만,
분수처럼 격렬하게 솟구치는 상념들을
그대의 빈약한 어휘가 따라잡지 못할 뿐.
잘 참아 낸 속박,
그대의 몸짓에 우아함과 생명력을 선사하는 분투!
그렇게 나는
바람을 거슬러 날개를 파닥거리는,
사나운 비바람을 사랑하는 새를 보고 가슴이 뭉클하였다.

이토록 아름다운 그대를 위해
어떤 손이 화환을 엮지 않으려 하겠는가?
오, 얼마나 행복한 기쁨인가!
여기 이 황량한 골짜기에서 그대 곁에 살며
그대의 검소한 생활을 따르고, 그대와 같은 옷을 입으면,

나는 양치기, 그대는 양치기 소녀!

그러나 이 엄숙한 현실보다 더한
한 가지 소망을 그대를 위해 이루고 싶다.
지금 내게 그대는 사나운 바다의 한 줄기 파도,
할 수만 있다면 그대에게 청하고 싶구나.
비록 그것이 평범한 이웃에게 허락된 청에 불과할지라도.
그대의 목소리를 듣고 그대를 바라볼 수 있는 것은 얼마나 큰 기쁨인가!
그대의 오빠가 되건,
그대의 아버지가 되건,
그대의 무엇이 되어도 좋다.
이제 나는 하늘에 감사하노라!
나를 이 한적한 곳으로 이끈 그 은총에.
나는 큰 기쁨을 맛보았고,
이제 풍성한 보상을 안고 이곳을 떠나노라.
이런 곳에서라면 우리는
기억의 소중함을 깨닫고,
기억에게도 눈이 있음을 느낀다.
그러기에 왜 떠나기를 마다하겠는가?
나는 이곳이 그대를 위해 마련된 장소임을 느낀다.

생이 끝나는 날까지
이곳은 지난날처럼 새로운 기쁨을 선사하리라는 것을.
사랑스러운 고지의 소녀여!
하여 나는 마음 가득 기쁨을 안고서
그대를 떠나려 한다.
내 늙어서도 지금 내 눈앞에 펼쳐진 광경을
지금처럼 아름답게 볼 수 있으리라 생각하기에.
작은 오두막,
호수와 계곡과 폭포,
그리고 이 모든 것들의 정령인 그대를!

나는 낭송을 마쳤다. 시는 얼마 전에 내가 커다란 푸른 잎에서 방울방울 떨어지던 것을 받아 마셨던 신선한 샘물처럼 느껴졌다.
그때 마리아의 부드러운 목소리가 들렸다. 그녀의 음성은 꿈을 꾸는 듯한 기도에서 우리를 깨워 주는 오르간의 첫 음처럼 들려왔다.
"이 시처럼 네가 날 사랑해 주면 좋겠어. 의사 선생님도 그렇고. 우리 모두는 이런 방식이나 아니면 다른 방식으로라도 서로를 사랑하고 믿어야 해. 나는 세상을 잘 모르지만, 세상은 이런 사랑과 믿음을 이해하지 못하는 것 같아. 사람들은 얼마든지 행복하게 지낼 수 있을 이 지상을 정말로 슬픈 곳으로 만들어 버렸어.

옛날에는 달랐을 거야. 그렇지 않았다면 어떻게 호메로스(《일리아드》와 《오디세이》의 작자로 알려진 고대 그리스의 시인—옮긴이)가 나우시카(《오디세이》에 등장하는 여인으로 난파당한 오디세우스를 정성껏 돌보았다.—옮긴이)같이 그렇게 사랑스럽고 건강하면서도 여린 인물을 만들어 냈겠어? 나우시카는 첫눈에 오디세우스에게 반했어. 그래서 친구들에게 이렇게 말하지.

'저런 남자가 내 남편이 되어 이곳에 머문다면 얼마나 좋을까?'

하지만 그녀는 막상 오디세우스와 함께 사람들이 많은 곳에 나타나는 것을 부끄러워해. 그러면서도 그의 앞에서는 거리낌 없이 말하지.

'당신처럼 잘생기고 늠름한 이방인을 집으로 데려간다면 사람들이 남편감을 데려왔다고 할 거예요.'

그녀의 이런 행동들이 얼마나 소박하고 자연스러운지 몰라. 그러나 오디세우스가 아내와 자식들이 있는 고향으로 돌아가고 싶다고 말하자, 그녀는 한마디 불평도 없이 그의 눈앞에서 자취를 감추고 말지. 그래도 우리는 느낄 수 있어. 그녀가 그 후로도 오랫동안 그 잘생기고 늠름한 이방인의 모습을 가슴에 담은 채 기쁜 마음으로 조용히 살아갔을 거란 사실을.

왜 우리 시인들은 이런 사랑을 모르는 걸까? 이런 행복한 고백과 조용한 이별을 말이야! 요즘의 시인이라면 나우시카를 여자 베르테르로 만들어 버렸을 거야. 우리에게 사랑이란 결혼이라는 희극이나 비극의 전주곡에 지나지 않으니까. 그것과 다른 사랑은 정말로 존재하지 않는 걸까? 이 순수한 행복의 샘물은 완전히 말라 버린 걸까? 사람들은 도취의 묘약만 알 뿐, 생명을 선사하는 사랑의 샘물은 모르고 있는 걸까?"

그녀의 말을 듣고 있으니 워즈워스가 한탄하듯 읊조린 시구가 떠올랐다.

> 이 믿음이 하늘에서 내린 것이라면,
> 그것이 자연의 거룩한 계획이라면,
> 인간이 인간으로 무엇을 만들었건
> 탄식할 아무런 이유가 없으리.

그녀가 다시 말했다.
"시인들은 얼마나 행복할까! 시인의 언어는 침묵하는 수천의 영혼 안에서 가장 심오한 감정들을 불러내니 말이야. 그들의 노래가 가장 달콤한 비밀의 고백이 된 경우가 얼마나 많은지 생각해 봐. 시인의 심장은 가난한 이의 가슴에서도, 부자의 가슴에서도 고동치지. 행복한 이는 시인과 함께 노래하고, 슬픔에 잠긴

이는 시인과 함께 눈물을 흘려.

하지만 워즈워스만큼 온전히 내 것으로 느껴지는 시인은 없어. 물론 내 친구들 중엔 그를 좋아하지 않는 사람들도 많아. 그들은 워즈워스가 진정한 시인이 아니라고 말하지. 그가 기존의 시어들이나 일체의 과장법 같은, 사람들이 대개 시적 감흥이라고 생각하는 것을 모두 기피하기 때문이야. 그렇지만 그 점이 바로 내가 이 시인을 사랑하는 이유야.

그는 진실해. 그리고 진실이라는 이 한마디에 모든 것이 들어 있어. 워즈워스는 초원에 핀 데이지 꽃처럼 우리 발치에 놓인 아름다운 것들에 눈뜨게 해. 그리고 만물을 있는 그대로의 이름으로 부르지. 사람들을 놀라게 하거나 속이거나 현혹시키려 들지 않아. 그는 감탄을 바라지도 않아. 그저 우리의 손이 망치거나 꺾지 않은 것들이 얼마나 아름다운지 보여 주려 할 뿐이야.

풀 줄기에 맺힌 이슬방울이 황금에 박힌 진주보다 더 아름답지 않아? 어디서 오는지 알 수 없지만 우리를 향해 졸졸 흘러오는 생명력 넘치는 샘물이 베르사유 궁전의 인공 분수보다 더 멋지지 않아? 〈고지의 소녀〉가 괴테의 헬레나(괴테가 《파우스트》에서 고전미를 상징하는 인물로 내세운 여인—옮긴이)나 바이런의 하이디(바이런의 서사시 〈돈 후안〉에 등장하는 해적의 딸—옮긴이)보다 더 사랑스럽고 진실하게 진정한 아름다움을 표현한다고 생각하지 않아? 그 친숙한 언어와 순수한 사상이란!

우리에게 그런 시인이 없다는 사실이 얼마나 유감스러운지 몰라. 실러(괴테와 더불어 독일 고전주의 문학의 거성으로 꼽히는 독일의 시인이자 극작가―옮긴이)가 고대 그리스 인이나 로마 인들보다 자기 자신을 더 신뢰했더라면 우리의 워즈워스가 될 수 있었을 거야. 뤼케르트가 불쌍한 조국을 등지고 〈동방의 장미〉에서 고향과 위안을 찾지 않았더라면 워즈워스와 가장 닮은 시인이 되었을지도 모르지.

온전히 있는 그대로의 자신이 될 수 있는 용기를 가진 시인은 그리 많지 않아. 워즈워스야말로 그런 용기를 가졌지. 우리가 위대한 인물들의 말에 귀를 기울이는 건 단지 그들이 위대해서가 아니야. 그들 역시 보통 사람들처럼 조용히 자신의 생각에 몰두한 채, 무한함을 향한 새로운 전망이 열리는 명료한 순간까지 끈기 있게 기다리기 때문이지. 워즈워스의 시는 누구나 할 수 있는 이야기만 담고 있어. 바로 그렇기 때문에 나는 워즈워스가 좋아.

위대한 시인은 평정을 잃지 않지. 호메로스의 작품을 읽어 보면 아름다움이 단 한 줄도 담기지 않은 시행이 수도 없이 많아. 단테도 마찬가지고. 반면에 핀다로스(고대 그리스의 서정 시인―옮긴이)는 모두가 위대하다며 감탄을 아끼지 않지만, 그의 황홀경은 오히려 나를 절망으로 몰아넣어.

이 시에 그려진 호숫가에서 여름을 보낼 수 있다면 얼마나 좋을까? 워즈워스와 함께 그가 이름 붙인 장소를 모두 찾아가 보고, 그가 사람들의 도끼날로부터 구해 주었던 나무들에게 인사를 건넬 수 있다면……. 단 한 번만이라도 그가 시에 담았던, 아마 그림으로라면 터너(인상파 화가들에게 큰 영향을 끼친 영국의 낭만주의 화가―옮긴이) 말고는 절대 표현하지 못할 그 아득한 일몰을 함께 바라볼 수 있다면 여한이 없을 텐데."

마리아의 말투는 독특했다. 사람들은 대부분 말을 마칠 때 말꼬리를 내리는데, 그녀는 반대로 말끝을 올려 마치 칠도 화음의 의문문처럼 끝을 맺었다. 그녀는 누구에게나 말끝을 올렸다. 그래서인지 문장의 가락이 어린아이가 "그렇지 않아요, 아빠?" 하고 말할 때처럼 들렸다. 그녀의 말투에는 간청하는 듯한 그 무엇이 담겨 있어서 반박하기가 쉽지 않았다.

내가 입을 열었다.

"워즈워스는 나도 좋아하는 시인이야. 인간으로서의 그를 더 좋아하지. 힘들이지 않고 오른 작은 언덕이 천신만고 끝에 몽블랑 산에 올랐을 때보다 더 아름답고 충만하며 활기찬 전망을 보여 줄 때가 있어. 내겐 워즈워스의 시가 그래.

처음엔 너무 진부한 것 같아서 읽다가 그만두곤 했어. 오늘날 영국 최고의 지성들이 그의 시를 읽고 왜 그렇게 찬탄하는지 도무지 이해할 수가 없었지. 하지만 어떤 언어를 쓰건 그 나라의 국민이나 그 민족의 정신적인 귀족들에게 인정받는 시인이라면 우리도 즐길 수 있으리라는 확신을 갖게 되었어.

찬탄은 우리가 배워야만 하는 기술이야. 많은 독일인들은 라신(17세기 프랑스 고전주의의 어머니로 불리는 시인, 극작가―옮긴이)이 마음에 안 든다고 말하지. 영국인들은 괴테를 이해할 수 없다고 하고, 프랑스 인들은 셰익스피어는 농사꾼에 불과하다고 말해. 그게 무슨 뜻일까? 어린아이가 자기는 베토벤 교향곡보다 왈츠가 좋다고 말하는 것과 별반 다르지 않아.

찬탄의 기술이란 각 민족이 자기 나라의 위대한 인물들에게서 찬탄하는 점을 찾아내고 이해하는 거야. 아름다움을 추구하는 사람은 결국 그것을 깨닫게 되지. 페르시아 인들이 하피즈(괴테와 뤼케르트에게 큰 영향을 끼친 페르시아의 시인―옮긴이)를 착각하고 있지 않으며, 인도인들이 칼리다사(4~5세기에 걸쳐 활약한 인도의 시인이자 극작가로, 인도의 셰익스피어라 일컬어진다.―옮긴이)를 잘못 평가하지 않았다는 사실을 말이야.

위대한 인물을 하루아침에 이해할 수는 없어. 위인을 이해하자면 힘과 용기와 끈기가 필요하거든. 첫눈에 마음에 든 것이 오래토록 우리 마음을 사로잡지 못하니 참 이상하지."

갑자기 그녀가 끼어들었다.

"그렇지만 페르시아 인이건 인도인이건, 이교도건 기독교인이건, 또는 로마 인이건 독일인이건 간에 세상의 모든 위대한 시인들과 진정한 예술가들, 영웅들에겐 공통점이 있어. 그것을 뭐라고 표현해야 할지 모르겠어. 아무튼 그건 그들의 뒤에 감추어져 있는 무한함이야. 멀리 영원을 내다보는 시선이나, 혹은 가장 하찮고 덧없는 것까지도 신격화하는 능력 같은 거겠지. 위대한 이교도였던 괴테도 '하늘에서 내려온 달콤한 평화'를 알고 있었어.

>산봉우리마다
>안식이 깃들고,
>나뭇가지에는
>미풍 한 점 없으니
>숲 속의 새들도 노래하지 않는다.
>잠시만 기다려라.
>그대 또한 곧 쉬게 되리니.

그가 이렇게 노래할 때면 높다란 전나무 우듬지 위로 광활한 세상이 열리고, 지상에서는 얻을 수 없는 안식이 열리는 것 같지 않아? 워즈워스에게도 이런 배경이 빠진 적이 없어. 조롱하는 사람들이 뭐라 지껄이든 간에, 그건 우리 눈에 보이지는 않지만 인간의 마음을 매혹하고 감동시키는 초현실적인 것이지.

　미켈란젤로보다 현실의 아름다움을 더 잘 이해한 사람이 있을까? 그가 그럴 수 있었던 건 현실의 아름다움이 초현실적인 아름다움의 반영이라는 사실을 알았기 때문이야. 너도 그의 소네트(14행의 짧은 시로 이루어진 서양 시가―옮긴이)를 알고 있지?

아름다움이 나를 몰아 하늘로 향하게 한다.
(이 세상에서 내 마음에 드는 것이 아름다움 말고 또 있으리.)
그리하여 나는 산 자의 몸으로 영혼의 전당에 들어서니
죽음을 면치 못하는 인간에게 이 얼마나 드문 축복인가!

이렇듯 작품에는 창조주가 자리하고 있어,
나는 작품을 통해 영감을 받고 창조주를 향한 순례를 떠난다.
이제 나는 그곳에서 아름다움에 취한 내 심장을 감동시키는
수많은 생각들에 형태를 부여한다.

그리하여 나는 알고 있다.
저 아름다운 눈동자에서 시선을 떼지 못하는 이유는,
그 눈에 신의 낙원으로 가는 길을 알려 주는 빛이 깃들어 있기에.
그 눈동자의 광채를 받아 나의 가슴은 불타오르고
내 고귀한 불꽃 속에는
하늘을 다스리는 기쁨이 온화하게 반영된다.

마리아는 기력이 다했는지 입을 다물었다. 내가 어찌 이 침묵

을 방해할 수 있을까? 서로의 생각을 나누고 난 후 흡족한 마음으로 입을 다물 때, 그 순간을 두고 사람들은 천사가 날아다니고 있다고 말한다. 바로 그 침묵의 순간에 평화와 사랑의 천사가 우리의 머리 위에서 조심스럽게 날갯짓하는 소리를 들은 것 같았다.

내 시선이 그녀에게 머무는 동안, 그녀의 사랑스러운 모습은 여름날 해질 무렵의 어스름한 빛 속에서 성스럽게 변하는 듯했다. 내가 잡고 있는 그녀의 손만이 그녀가 지금 여기에 있다는 느낌을 주었다.

그때 갑자기 그녀의 얼굴 위로 한 줄기 환한 빛이 와 닿았다. 그녀도 그것을 느낀 듯 눈을 반짝 뜨고는 어리둥절한 표정으로 나를 바라보았다. 반쯤 감긴 속눈썹이 베일처럼 덮고 있는 그녀의 눈동자에서 놀라운 광채가 번쩍였다.

나는 주변을 둘러보았다. 두 언덕의 봉우리 사이에서 보름달이 떠올라 호수와 마을을 다정한 미소로 비추고 있었다. 이토록 아름다운 자연, 이토록 사랑스러운 그녀의 얼굴을 본 적이 없었다. 이토록 행복한 평온이 내 영혼에 흐른 적도 없었다.

나는 입을 열었다.

"마리아! 이 아름다운 순간에 내 온 사랑을 있는 그대로 고백할 수 있게 해 줘. 초현실적인 힘을 이렇게 가까이 느끼는 지금, 그 무엇도 갈라놓지 못하도록 우리의 영혼을 하나로 맺기로 해.

사랑이 무엇이든 간에, 마리아, 난 널 사랑해. 나는 지금 느끼고 있어. 마리아, 너는 나의 것이야. 왜냐하면 나는 네 것이니까."

나는 마리아 앞에 무릎을 꿇었다. 고개를 들어 그녀의 눈을 바라볼 용기가 나지 않았다. 내 입술이 그녀의 손에 조심스레 키스를 했다. 순간 그녀가 손을 잡아 뺐다. 처음에는 머뭇거리더니 이내 황급하게, 그리고 단호히. 고개를 들어 보니 그녀의 얼굴에 고통스러운 감정이 서려 있었다. 그녀는 한동안 말이 없다가 마침내 깊은 한숨을 내쉬며 몸을 일으키고는 이렇게 말했다.

"오늘은 이만 됐어. 내 마음을 아프게 하는구나. 하지만 다 내 탓이지. 창문을 닫아 줄래? 낯선 손길이 닿은 것처럼 소름이 돋아. 내 곁에 있어 줘. 아니야, 어서 가는 게 낫겠어. 잘 가. 편히 자고. 신의 평화가 우리와 함께하기를 기도해 줘. 다시 보자. 내일 저녁에 또 올 거지? 기다릴게."

아, 천국과 같은 평화가 갑자기 어디로 사라져 버렸나! 고통스러워하는 그녀에게 내가 해 줄 수 있는 일이라고는 얼른 떠나는 것뿐이었다. 나는 영국인 부인을 부른 뒤, 성에서 나와 어두운 밤길을 홀로 걸었다. 한동안 호숫가를 서성거리며, 조금 전까지만 해도 그녀와 함께 있었던 불 켜진 창을 바라보았다.

마침내 성을 밝히던 불빛이 모두 꺼졌다. 달은 자꾸만 높이 솟아오르고, 그 신비로운 달빛을 받아 탑 꼭대기와 지붕 아래의 창, 낡은 성벽의 장식들이 선명해졌다. 그리고 바로 여기, 밤의 정적 속에 나는 홀로 서 있었다.

뇌가 제 임무를 거부한 것처럼 어떤 생각도 끝까지 이어지지 못했다. 그저 이 지상에 혼자 남겨진 듯한, 나를 상대해 줄 영혼이 하나도 없는 것 같은 기분이 들 뿐이었다. 이 지구는 관 같았고, 검은 하늘은 관을 덮는 천 같았다. 내가 살아 있는 건지, 아니면 벌써 오래전에 죽은 목숨인지조차 알 수가 없었다.

그러다 문득 고개를 들어 별들을 바라보았다. 별들은 눈을 반짝이며 조용히 제 갈 길을 가고 있었다. 마치 인간들을 비춰 주고 위안을 주기 위해 그곳에 존재하는 듯했다. 그리고 나는 어두운 하늘에 예기치 않게 나타난 두 개의 별을 생각했다. 내 가슴에서 감사의 기도가 흘러나왔다. 내 천사의 사랑을 위한 감사의 기도가.

제 9 장

마지막 회상

잠에서 깨어나 눈을 떴을 때 태양은 벌써 산 위로 떠올라 창 안으로 햇살을 비추고 있었다. 이것이 어제의 그 태양인가? 작별을 고하는 친구처럼 머뭇거리는 시선으로 우리가 맺은 영혼의 약속을 바라보고 나서는, 사라지는 희망처럼 저물어 버렸던 바로 그 태양이란 말인가? 지금은 마치 환한 미소를 지으며 즐거운 파티를 축하하러 방으로 달려 들어온 어린아이처럼 나를 향해 빛을 쏟아 보내고 있다.

그렇다면 나는 불과 몇 시간 전에 지칠 대로 지친 몸과 마음을 침대에 던졌던 바로 그 사람이란 말인가! 나는 삶에 대한 용기와 신과 나 자신에 대한 믿음이 되살아나고 있음을 느낀다.

이 믿음이 맑은 아침 공기처럼 내 영혼에 생기와 활력을 불어넣는다.

잠이 없다면 인간은 어떻게 될까? 이 밤의 사신이 우리를 어디로 데리고 가는지 우리는 알지 못한다. 밤이 되어 잠이 우리의 눈꺼풀을 내리누를 때 그가 내일 아침 우리의 눈을 다시 뜨게 해 줄 것이라고, 우리를 다시 우리 자신에게 데려다줄 것이라고 누가 보증해 준단 말인가?

최초의 인간이 이 낯선 친구의 품에 안길 때에는 용기와 믿음이 필요했을 것이다. 우리의 천성에는 어딘가 속수무책인 구석이 있어서, 믿을 수밖에 없다고 여겨지는 일이면 쉽사리 믿고 순종하며 자신을 맡겨 버린다. 그렇지 않다면 아무리 피곤하다 해도 스스로 나서서 눈을 감고 미지의 꿈나라로 발을 들여놓을 사람이 어디 있겠는가?

나약하고 피곤하다는 느낌은 우리에게 더 위대한 존재에 대한 믿음과 우주의 아름다운 질서에 즐거운 마음으로 순종할 수 있는 용기를 선사한다. 그래서 깨어 있든 잠을 자든, 비록 짧은 시간이나마 이 지상의 자아를 묶어 놓은 족쇄를 풀어 버릴 때 우리는 힘과 생기를 얻었다고 느끼는 것이다.

어제, 달아나는 저녁 안개처럼 몽롱하게 내 머리를 스쳐 지나갔던 일들이 갑자기 명확해졌다. 나는 우리가 서로에게 속해 있다는 것을 느끼고 있었다. 오누이 사이든, 부모 자식 사이든, 아니면 부부 사이든 간에 어쨌든 우리는 영원히 함께 있어야 했다. 다만 우리가 더듬거리는 언어로 사랑이라 부르는 것의 진짜 이름을 찾을 필요가 있었다.

 그대의 오빠가 되건,
 그대의 아버지가 되건,
 그대의 무엇이 되어도 좋다.

 바로 이 '무엇'의 이름을 찾아내야만 했다. 세상은 이름이 없는 것은 인정하지 않으니까. 마리아는 모든 사랑의 원천이 되는 순수하고 전인적인 사랑으로 나를 사랑한다고 말했다. 그렇기에 내가 넘치는 사랑을 고백하던 순간 그녀가 보여 주었던 그 놀라움과 불쾌한 반응은 여전히 이해가 되지 않았다. 그러나 그것이 우리의 사랑에 대한 나의 믿음을 뒤흔들 수는 없었다.
 우리는 자신의 내면에서 일어나는 일들도 다 이해하지 못하면서 왜 인간의 영혼에서 일어나는 일들을 모두 다 이해해야 한다고 생각하는가? 자연이든 인간의 내면이든 우리 자신의 가슴속이든, 어디에나 설명할 수 없는 일들이 있기 마련이다. 또 그런 일들이 가장 우리의 마음을 사로잡는 법이고.
 우리가 쉽게 이해할 수 있는 사람들이나, 해부용 표본처럼 그 뻔한 저의를 훤히 드러내 보이는 사람들 앞에서 우리는 대부분의 소설에 등장하는 인물들처럼 냉담하게 된다. 모든 것을 설명하려 들고 영혼의 기적을 거부하는 윤리적 합리주의야말로 삶과 인간에게서 느끼는 우리의 기쁨을 망칠 뿐이다.

모든 존재에는 해명할 수 없는 부분이 있다. 우리는 그것을 운명이나 영감, 혹은 성격이라 부른다. 영원히 나타날 수밖에 없는 나머지 요소들을 빼놓고 인간의 행위와 노력을 분석할 수 있다고 믿는 사람들은 인간을 모르는 이들이다.

나는 지난밤 나를 절망으로 몰아넣었던 모든 것에 다시 용기를 냈다. 그러자 하늘이 구름 한 점 없이 맑게 개는 것만 같았다. 나는 신선한 공기를 쐬기 위해 좁은 집을 나섰다.

그때 심부름꾼이 편지를 전했다. 차분하고 정갈한 글씨로 보아 마리아가 쓴 편지가 분명했다. 나는 숨을 멈춘 채 편지를 뜯었다. 인간이 바랄 수 있는 가장 아름다운 내용을 기대하면서.

그러나 기대는 이내 무너지고 말았다. 편지에는 오늘 도시에서 손님이 올 예정이니 찾아오지 말라는 부탁이 담겨 있었다. 다정한 말 한마디도, 몸 상태가 어떤지 알려 주는 단 한 줄의 소식도 없었다. 그저 끝머리에 '내일은 의사 선생님이 오실 거야. 그러니 모레 봐.'라는 추신이 붙어 있을 뿐이었다.

갑자기 내 인생의 책에서 이틀이 찢겨 나갔다. 차라리 완전히 찢겨 나간 것이라면 좋으련만, 그 이틀은 감옥의 함석지붕처럼 내 머리 위에 걸려 있었다. 어쨌든 그 시간을 살아 내야 했다. 그 이틀을 교회 문 옆에 더 앉아 있고 싶어 하는 거지에게 동냥하듯 던져 줄 수도 없지 않은가!

한동안 멍하니 앞만 바라보고 있었다. 그러다 문득 아침에 했던 기도가 떠올랐다. 절망보다 더한 불신은 없으며, 인생에서 아무리 큰일이라도 모두 신의 위대한 계획의 일부이다. 그렇기에 아무리 힘들더라도 순종해야 한다고, 나 자신에게 말하지 않았던가? 눈앞에서 낭떠러지를 발견한 기사처럼 나는 고삐를 잡아당겼다. 그러고는 마음속으로 이렇게 외쳤다.

'그래야 한다면 그래야겠지. 신이 만드신 세상은 한탄과 불평의 장소가 아니니까.'

그녀가 직접 쓴 편지를 손에 쥐고 있다는 사실만으로도 행복하지 않은가? 조금만 참으면 그녀를 다시 만날 수 있다는 희망이야말로 지금껏 내가 누렸던 행복보다 더 큰 행복이 아니던가!

무슨 일이 있어도 머리는 물 위로 내어 놓아야 한다! 인생이라는 바다를 멋지게 헤엄치는 사람들은 한결같이 그렇게 말한다. 그게 여의치 않으면 눈과 목구멍으로 계속 물을 들이키느니 차라리 잠수를 하는 편이 낫다!

살아가면서 자잘한 사고를 당할 때마다 늘 신의 뜻을 떠올리기란 쉽지 않은 일이다. 또 투쟁을 할 때마다 생활의 습관을 벗어던지고 신이 계신 곳으로 다가가기를 망설인다. 사실 어쩌면 그게 당연한 것인지도 모른다. 그렇다면 우리는 인생을 의무는 아니라 해도 적어도 예술이라고 생각하며 살아가는 편이 낫지 않을까?

실망하거나 아픈 일이 있을 때마다 화를 내고 심통을 부리는 아이처럼 꼴 보기 싫은 모습이 어디 있을까? 눈에 아직 눈물이 그렁그렁한데도 얼굴은 기쁨과 순진무구함으로 반짝이는 아이보다 더 아름다운 모습도 없다. 그 모습은 마치 봄비에 몸을 떨면서도 햇살이 뺨에 맺힌 눈물을 말려 주는 사이, 벌써 꽃을 피우고 향기를 풍기는 한 송이 꽃처럼 아름답다.

이런 운명에도 불구하고, 이틀을 마리아와 함께 보낼 수 있는 좋은 방법이 떠올랐다. 전부터 나는 그녀에게서 들은 아름다운 말들과 그녀가 털어놓은 멋진 생각들을 기록으로 남기고 싶었다. 그렇게 나는 그녀와 함께했던 아름다운 시간들을 떠올리고 더 아름다울 미래를 꿈꾸면서 이틀을 보냈다. 나는 그녀 곁에서 그녀와 함께 있었고, 그녀 안에서 살았다. 그리고 그녀의 손을 잡고 있을 때보다 그녀의 사랑과 정신을 더욱 가깝게 느꼈다.

지금 이 기록들이 내게는 얼마나 소중한지 모른다. 얼마나 읽고 또 읽었던가! 물론 기록으로 남기지 않았다 하더라도 나는 그녀가 한 말은 단 한마디도 잊지 않았을 것이다. 어쨌든 이 기록들은 내 행복의 증거였다. 그리고 이 안에는 침묵으로 더 많은 말을 하는 친구의 눈빛 같은 그 무언가가 담겨 있다.

지나간 행복과 고통의 기억을 떠올리며 조용히 먼 과거로 빠져든다. 그러면 우리를 둘러싸고 결박하는 것들이 모두 사라지고, 영혼은 오래전 저 땅 아래에 잠든 자식의 잡초 무성한 무덤 위로 쓰러지는 어머니처럼 제 몸을 던진다.

어떤 희망이나 소망도 이 무력한 체념의 고요를 방해하지 못하리라. 이를 두고 우리는 비애라 부른다. 그러나 이런 비애에도 행복이 깃들어 있다. 많이 사랑하고 많이 고통받은 사람들만이 이 비애를 알 수 있다.

지난날 자신이 결혼할 때 썼던 면사포를 딸의 머리에 둘러 주면서 이미 세상을 떠난 남편을 떠올리는 어머니에게 기분이 어떠한지 물어보라. 사랑했지만 세상 때문에 헤어져야만 했던 여인이 세상을 떠난 후, 젊은 시절 자신이 그녀에게 보냈던 마른 장미꽃을 다시 받아 든 남자에게 지금 어떤 기분인지 물어보라. 아마 두 사람 모두 눈물을 흘릴 것이다.

그러나 그들의 눈물은 고통의 눈물도, 기쁨의 눈물도 아니다. 그것은 인간이 신에게 자신을 바치는 희생의 눈물이다. 그들은 신의 사랑과 지혜를 믿으며 자신의 가장 소중한 것이 떠나가는 모습을 조용히 지켜본다.

이쯤에서 다시 추억으로 되돌아가 보자. 과거가 생생히 살아 숨 쉬는 그곳으로!

순식간에 이틀이 지나갔다. 행복한 재회의 시간이 다가올수록 나는 몸이 떨렸다. 첫날 도시에서 마차와 기사들이 도착하자

성은 다채로운 손님들로 붐볐다. 지붕 위로 깃발이 나부끼고, 마당에서는 음악이 울려 퍼졌다. 밤이 되자 호수에는 곤돌라가 흥에 겨워 흔들거렸고, 남자들의 노랫소리가 물결 너머로 퍼져 나갔다. 나는 귀를 기울였다. 그녀 역시 창문 너머에서 이 노랫소리에 귀를 기울이고 있으리라는 생각이 들었기 때문이다.

이튿날도 내내 분주하다가 오후가 되어서야 손님들이 떠날 채비를 했다. 그리고 늦은 밤, 나는 의사의 마차마저 도시로 돌아가는 것을 보았다.

나는 더 이상 참을 수가 없었다. 마리아가 혼자 있다는 것을, 그녀도 나를 생각하고 있다는 것을 알고 있었다. 그녀는 내가 곁에 있어 주기를 바랄 것이다. 그런데도 그녀의 손을 잡아 보지 못하고 또 하룻밤을 보내야 한단 말인가! 그녀에게 내가 이 이별을 잘 참아 냈다고, 내일 아침이 우리를 깨워 새로운 행복으로 안내할 거라고 말하지도 못한 채!

그녀의 방에는 아직 불이 켜져 있었다. 왜 그녀가 혼자 있어야 하는가? 어째서 나는 한순간만이라도 달콤한 그녀의 존재를 느껴서는 안 된단 말인가? 어느 틈에 나는 성 앞에 서 있었고, 초인종을 잡아당기려 하고 있었다.

그 순간 손짓을 멈추고 스스로에게 말했다. 아니야, 이런 약한 모습은 안 돼! 밤손님처럼 부끄러운 모습으로 그녀 앞에 서 있을 생각인가? 내일 아침, 전장에서 돌아온 영웅처럼 그녀 앞에 나서자. 지금 그녀는 그 영웅의 머리에 씌워 줄 사랑의 화관을 엮고 있을 것이다.

아침이 찾아오자 나는 그녀 곁에, 정말로 그녀 곁에 있었다. 오, 육체가 없어도 정신이 존재할 수 있다고 말하지 말라! 완전한 존재, 완전한 의식, 완전한 기쁨은 정신과 육체가 하나인 곳에서만 가능하다. 육체가 된 정신, 정신이 된 육체가 있을 때에만 가능한 것이다. 육체가 없는 정신이 있다면 그건 유령이며, 정신이 없는 육체가 있다면 그건 시신에 불과할 뿐이다.

들판에 핀 꽃이라고 해서 정신을 갖지 않을까? 꽃은 생명과 존재를 선사하고 꽃을 지켜 주시는 신의 의지, 즉 창조자의 생각으로 세상을 바라보지 않는가? 그것이 꽃의 정신이다. 다만 말로 자신을 드러내는 인간과 달리 꽃의 정신은 묵묵히 그 안에 자리할 뿐이다.

진정한 삶은 어디에서나 육체와 정신의 삶이고, 진정한 즐거움은 어디에서나 육체와 정신의 즐거움이다. 또한 참된 만남은 어디에서나 육체와 정신의 만남인 것이다.

이틀 동안 그토록 행복하게 살았던 추억의 세상은, 정말로 그녀 곁에 있게 되자 그림자처럼 사라져 버렸다. 내 손으로 그녀의 이마와 눈과 뺨을 어루만지고 싶었다. 그리하여 밤낮으로 눈앞에 어른거리던 영상이 아니라 실재하고 있음을 확인하고 싶었다.

내 것은 아니지만 내 것이어야 하고 내 것으로 만들고 싶은 존재임을, 나 자신을 믿듯 믿을 수 있는 존재, 멀리 떨어져 있지만 나 자신보다 더 가까운 존재임을 진심으로 확인하고 싶었다. 그것이 없다면 내 생명은 생명이 아니며 죽음조차 죽음이 아닌 존재, 그것이 없다면 나라는 가엾은 존재는 한숨처럼 허공으로 흩어지고 말 그 존재를 느끼고 싶었다.

내 생각과 시선이 그녀를 향해 넘쳐흐르는 순간, 나는 이제 나라는 존재가 행복으로 충만하였음을 느꼈다. 전율이 온몸을 타고 흘러내렸다. 죽음을 떠올렸지만, 조금도 두렵지 않았다. 죽음도 이 사랑을 파괴하지 못할 테니까. 아니, 오히려 죽음은 이 사랑을 정화하고 고귀하게 하며 불멸의 것으로 만들어 줄 것이다.

마리아와 함께 말없이 있으니 참으로 행복했다. 그녀의 얼굴에는 영혼의 깊이가 그대로 드러났다. 그녀를 바라보는 것만으로도 그녀의 마음속에 살아 숨 쉬는 모든 것을 보고 들을 수 있었다.

'너 때문에 마음이 아파.'

그녀는 이렇게 말하는 것 같았지만 그 말을 입 밖으로 내지는 않았다.

'드디어 다시 만났지? 진정해. 불평하지 마. 아무것도 묻지 말고, 아무 말도 하지 마. 와 줘서 반가워. 나한테 화내지 마.'

이 모든 말이 그녀의 눈동자에 어려 있었다. 우리는 이 행복한 평화를 감히 깨뜨릴 엄두를 내지 못했다.

"의사 선생님한테서 편지 못 받았어?"

이 질문이 마리아의 첫마디였다. 그녀의 목소리가 떨렸다.

"아니."

내가 대답했다.

그녀는 잠시 입을 다물고 있다가 이렇게 말했다.

"어쩌면 이렇게 된 게 더 나을지도 몰라. 내가 직접 사실을 털어놓는 게 말이야. 오늘 우리는 마지막으로 만나는 거야. 아무런 불평이나 분노 없이 평화로운 마음으로 작별하도록 해. 내 잘못이 크다고 생각하고 있어. 미풍에도 꽃잎이 떨어질 수 있다는 생각을 미처 못하고 내가 네 인생에 끼어들었어.

나는 세상을 너무 몰랐어. 나처럼 병들고 초라한 존재가 너에게 동정 이상의 감정을 불러일으킬 거라고는 생각지 못했거든. 너에게 다정하고 솔직하게 대했던 건 우리가 오래전부터 아는 사이였고, 너와 함께 있으면 아주 편했기 때문이야. 너를 사랑했기 때문이지. 왜 이 말을 하면 안 되는 걸까? 그렇지만 세상은 이런 사랑을 이해하지도, 용납하지도 않아.

의사 선생님이 내 눈을 뜨게 해 주셨지. 온 도시가 우리 이야기를 하고 있다더군. 남동생이 아버지에게 편지를 올렸다고 해. 아버지는 다시는 너를 만나지 말라고 하셨어. 너에게 이런 고통을 주게 된 걸 깊이 후회해. 나를 용서한다고 말해 줘. 그리고 우리 친구로서 헤어지자."

그녀의 눈에 눈물이 가득 고였다. 그녀는 그 눈물을 보이지 않으려는 듯 눈을 감았다.

나는 발끈했다.

"마리아! 내게는 단 하나의 삶이 있을 뿐이야. 바로 너와 함께 하는 삶이지. 그리고 내겐 단 하나의 의지만이 있을 뿐이야. 그건 바로 너의 의지이기도 해. 그래, 고백할게. 나는 내 온 마음을 다해 너를 사랑해. 그렇지만 내가 너에게 어울리는 사람이 아니라는 걸 알아. 신분으로 보나 품위로 보나 순수함으로 보나 너에게 한참 못 미치지. 너를 내 아내로 부른다는 생각은 꿈에서조차 할 수 없어. 하지만 그것 말고는 우리가 이 세상을 함께 살아갈 수 있는 다른 방법이 없어.

마리아, 너는 완전히 자유야. 나는 희생을 요구하지 않아. 세상은 넓고 넓으니, 만약 그것이 네 뜻이라면 우리는 두 번 다시 만나지 않겠지. 하지만 네가 날 사랑한다면, 내가 네 것이라고 느낀다면, 아! 이 세상과 사람들의 차가운 비난 따위는 잊어버리자. 너를 안고 제단 앞으로 나아가 무릎을 꿇고, 살아서도 죽어서도 네 사람이 되겠다고 맹세하겠어."

그녀가 말했다.

"우리는 불가능한 것을 바라서는 안 돼. 신께서 우리가 이 생에서 결합하기를 바라셨다면, 왜 내게 이런 병을 주시어 아무것도 할 수 없는 어린아이처럼 무능한 인간으로 만드셨겠어? 잊지 마. 우리가 운명이니 상황이니 사정이라 부르는 것은 사실 섭리의 작품이라는 것을 말이야. 그 섭리를 거스르는 건 신의 뜻을 거역하는 거야. 철이 없다고 말할 수는 없어도 오만방자하다고 할 수 있을 짓이지.

이 지상에서 사람들은 하늘의 별처럼 살고 있어. 신께서 별들에게 궤도를 정해 주시면, 별들은 그 궤도에서 서로 만나는 거야. 헤어져야 할 때가 오면 헤어질 수밖에 없는 거고. 저항은 헛된 일이야. 아니면 세상의 온 질서를 망가뜨리게 되겠지. 그 뜻을 이해할 수는 없어도 믿을 수는 있어.

물론 나도 너를 향한 내 사랑이 왜 옳지 않은 것인지 이해할 수 없어. 아니, 옳지 않다고 말할 수도 없고, 그렇게 말하고 싶지도 않아. 하지만 그럴 수 없는 일이고, 또 그래서도 안 돼. 이걸로 다 끝났어. 우린 겸허한 마음으로 신을 믿으며 순종해야 할 뿐이야."

차분하게 말을 하고 있었지만, 그녀가 얼마나 깊은 상처를 받았는지 알 수 있었다. 그럼에도 인생과의 투쟁을 이렇게 쉽게 포기하는 건 부당하다고 생각했다. 감정적인 말로 그녀의 고통을 더하고 싶지 않았기에, 나는 최대한 마음을 가라앉히고 입을 열었다.

"지금이 우리가 이 세상에서 만나는 마지막 순간이라면, 과연 이런 희생이 누구를 위한 것인지 확실히 짚고 넘어가야 할 것 같아. 우리의 사랑이 보다 높은 법칙에 위배된다면 나 역시 너처럼 겸허하게 복종할 거야. 더 높은 뜻을 거역한다는 건 신을 저버리는 짓일 테니까. 인간은 때때로 신을 속일 수도, 얕은 꾀로 신의 지혜를 뛰어넘을 수도 있다고 여기지. 그러나 이길 수 있다는 생각은 망상이야. 이 거인과의 싸움을 시작한 인간은 참담하게 파멸하기 마련이니까.

그렇지만 우리의 사랑을 막는 것은 무엇일까? 세상의 소문 이외엔 아무것도 없어. 난 인간 사회의 법칙을 존중해. 그 법칙이 지금 우리가 사는 시대처럼 작위적으로 뜯어 맞춘 것이고 온통 뒤죽박죽이라 해도 말이야.

몸이 병들면 인위적으로 만든 쓰디쓴 약을 먹어야 해. 마찬가지로 우리가 조롱하는 사회의 울타리나 체면이나 편견이 없다면 지금처럼 인류를 일치단결시킬 수도, 인류의 공존이라는 목표를 이룰 수도 없을 거야. 우리는 이 거짓 신들에게 많은 제물을 바쳐야 하지. 아테네 사람들이 그렇게 했듯, 우리도 해마다 사회라는 이 미궁을 지배하는 괴물에게 젊은 남녀를 가득 실은 배를 공물로 보내고 있어.

가슴에 상처를 입지 않은 이는 하나도 없을 거야. 진실한 감정을 가진 사람치고 사회라는 새장 속에서 안식을 찾기 전에 사랑의 날개가 꺾이지 않은 이는 아무도 없어. 그래야만 하고, 달리

어쩔 수가 없으니까. 넌 인생을 몰라. 그렇지만 내 친구들의 사연만으로도 몇 권 분량이나 되는 비극을 들려줄 수 있어.

한 친구가 어떤 아가씨와 서로 사랑을 했어. 그런데 친구는 가난한 집안의 아들이었고, 아가씨는 부잣집 딸이었지. 양가의 부모와 친척들은 서로를 모욕하고 싸워 댔어. 결국 두 사람의 심장은 상처투성이가 되고 말았지. 왜냐고? 세상은 중국산 실크가 아닌 미국산 면 옷을 입은 여자는 불행하다고 생각하기 때문이야.

또 다른 친구도 어떤 여인과 사랑에 빠졌지. 그런데 그는 신교도였고, 여자는 구교도였어. 양가의 어머니와 사제들이 들고 일어났고, 결국 두 심장 역시 깊은 상처를 입고 말았어. 왜냐고? 삼백 년 전에 카를 5세와 프랑수아 1세, 헨리 8세가 벌인 정치 놀음(16세기에 신성 로마 제국의 카를 5세와 프랑스의 프랑수아 1세는 영토 문제와 종교 문제로 끊임없이 분쟁을 거듭하였고, 영국의 헨리 8세는 교황과 대립하여 영국 국교회를 세웠다.―옮긴이) 때문이었지.

세 번째 친구도 한 처녀와 사랑을 했어. 그는 귀족이었고, 그녀는 평민이었지. 자매들이 열을 올리며 독설을 내뱉었고, 두 심장은 상처투성이가 되고 말았어. 왜냐고? 백 년 전 어느 병사가 전쟁터에서 왕의 생명을 위협하는 적군을 죽였기 때문이야. 덕분에 그 병사는 작위와 훈장을 받게 되었어. 그런데 그 옛날 피를 흘리게 한 대가를 증손자인 그 친구가 망가진 인생으로 보상한 거야.

통계학자들은 한 시간에 한 명 꼴로 깊은 상처를 받는다고 말해. 난 그 말을 믿어. 왜냐고? 세상 어디에서나 부부라는 형식을 갖추지 않는 한 서로 다른 사람들의 사랑은 인정하지 않기 때문이야.

두 여자가 한 남자를 사랑하면 둘 중 한 여인은 희생될 수밖에 없어. 두 남자가 한 여자를 사랑하면 둘 중 하나 혹은 두 사람 모두 희생이 되고. 왜 그럴까? 결혼을 전제로 하지 않으면 여자를 사랑할 수 없는 걸까? 자기 것으로 만들겠다고 탐하는 마음 없이 여자를 바라보면 안 되는 걸까?

눈을 감아 버리는구나. 내가 너무 많이 말을 한 것 같아. 세상은 인생에서 얻을 수 있는 가장 성스러운 것을 가장 비천한 것으로 만들어 버렸어.

그렇지만 마리아! 이젠 참을 수 없어. 우리가 세상 안에서, 어쨌든 세상 사람들과 더불어 이야기하고 행동해야 한다면 세상의 언어로 말을 해야겠지. 그렇지만 미쳐 날뛰는 저 바깥의 세상에 개의치 말고 두 심장이 순수한 언어로 말할 수 있는 우리만의 성역을 지켜 내자. 세상 사람들도 고귀한 마음을 가진 이들이 자신의 정당함을 깨닫고 저속한 세상사의 흐름에 맞서서 은둔하거나 용기 있게 저항하는 것을 존중해 줄 거야.

세상이 말하는 체면이나 예의나 편견 같은 것은 덩굴 식물 같아. 푸른 담쟁이덩굴이 수천 개의 덩굴손과 뿌리로 단단한 담을 장식하는 모습은 아름답기 그지없지. 하지만 너무 무성하게 자라도록 내버려 두어서는 안 돼. 그랬다간 건물의 틈새란 틈새는 다 파고들어서 서로를 결합시키고 있던 시멘트를 파괴하고 말 테니까.

마리아, 내 사람이 되어 줘. 네 심장이 말하는 소리를 따르도록 해. 지금 네 입술에서 맴도는 그 말이 너와 나의 인생을, 너와 나의 행복을 영원히 결정할 거야."

나는 더 이상 말을 하지 않았다. 내 손에 쥐어진 그녀의 손이 뜨거운 기운을 전해 주었다. 그녀의 마음속에서는 파도가 일고, 폭풍이 몰아치고 있었다. 폭풍이 겹겹이 쌓인 구름을 걷어 버린 지금, 내 앞에 펼쳐진 푸른 하늘은 지금까지 본 어느 하늘보다도 더욱 아름다워 보였다.

그녀는 결정의 순간을 미루려는 듯 나지막이 물었다.

"날 왜 사랑하니?"

"왜냐고? 마리아! 아이에게 왜 태어났는지 물어봐. 꽃에게 왜 피었는지 물어봐. 태양에게 왜 햇살을 비추는지 물어봐. 나는 너를 사랑해야 하기 때문에 사랑해. 그렇지만 굳이 더 설명해야 한다면 네 옆에 놓인, 네가 그토록 아끼는 이 책으로 대답을 대신하겠어.

가장 선한 것은 가장 사랑스러운 것이리라. 이런 사랑에는 유익이나 무익, 이익이나 손해, 이득이나 손실, 명예나 불명예, 칭찬이나 비난 혹은 이와 비슷한 것들을 따져서는 안 된다. 진실로 고귀하고 가장 선한 것은 다른 이유가 아니라 오직 가장 고귀하고 가장 선하다는 그 이유에서 가장 사랑스러운 것이 되리니.

   인간은 외적으로나 내적으로나 그것을 향해 살리라 마음먹어야 하느니라. 외적으로 보면 피조물 가운데에는 다른 어떤 것보다 더 나은 것이 있으니, 영원한 선은 다른 것보다 이 한 가지에서 더 빛을 내고 더 큰 힘을 발휘한다. 따라서 영원한 선이 가장 크게 빛나고 가장 큰 힘을 내며 가장 많이 알려지고 사랑받는 존재가 피조물 중에서 가장 선한 것이리라. 반면 영원한 선이 가장 빛나지 않고 가장 효과가 적은 것이 가장 선하지 않은 것이 되리라.

   인간은 그렇게 피조물과 함께하고 교제하며 이런 차이를 인정한다. 그러므로 인간에게는 가장 선한 피조물이 가장 사랑스러운 것이며, 인간은 열심히 그것에 다가가 그것과 하나가 되어야 하느니…….

마리아, 넌 내가 알고 있는 가장 선한 피조물이야. 그래서 너를 사랑하고 소중하게 여겨. 그것이 우리가 서로를 사랑하는 이유이기도 하고. 네 안에 살아 숨 쉬고 있는 그대로를 말해. 네가 나의 것이라고 말이야. 네 안에 가장 깊이 숨어 있는 감정을 부인하지 마.

신은 네게 고통스러운 삶을 선사하셨지만, 너와 그 고통을 나누라고 나를 보내신 거야. 너의 고통은 나의 고통이야. 무거운 돛을 달고 나아가는 배처럼 우리는 그 고통을 함께 짊어져야 해. 그러면 바로 그 고통이라는 돛이 인생의 폭풍우를 헤치고 결국에는 안전한 항구로 인도할 거야."

그녀의 마음속이 점차 차분해지는 듯했다. 두 뺨에는 고요한 저녁노을 같은 홍조가 떠올랐다. 순간 그녀가 눈을 크게 떴다. 태양이 다시 한 번 아름다운 빛을 내뿜은 것이다. 그녀가 입을 열었다.

"난 네 것이야. 그게 신의 뜻이야. 날 있는 그대로 받아 줘. 살아 있는 한 난 너의 것이야. 신께서 우리를 보다 아름다운 생에서 다시 만나게 하시어 네 사랑에 보답해 주시기를."

우리는 가슴과 가슴을 맞대었다. 내 입술이 조금 전 내 인생을 축복해 주던 입술을 부드럽게 덮었다. 시간은 조용히 걸음을 멈추었고, 주변 세상도 종적을 감추었다. 그때 그녀의 가슴에서 깊은 한숨이 새어 나왔다. 그녀가 나직이 속삭였다.

"오, 신이시여, 이 행복을 용서해 주시옵소서."

그러고는 내게 말했다.

"이제 날 혼자 있게 해 줘. 더 이상 참을 수가 없어. 또 만나. 나의 친구, 나의 연인, 나의 기사!"

그것이 내가 마리아에게서 들은 마지막 말이었다. 아니, 그렇지는 않았다. 집으로 돌아온 나는 악몽에 시달리면서 잠을 잤다. 그런데 자정이 지났을 무렵, 의사가 내 방으로 들어왔다.
"우리의 천사가 하늘나라로 떠났네."
그는 이렇게 말하고서 편지 한 통을 건네주었다.
"이것이 그녀가 자네에게 남긴 마지막 인사라네."
편지 속엔 그 옛날 그녀가 내게 주었고 내가 그녀에게 도로 주었던, '신의 뜻대로'라는 말이 새겨진 반지가 들어 있었다. 반지는 아주 해묵은 종이에 싸여 있었는데, 그 종이에는 그녀가 오래전에 적어 놓은 듯한 글이 있었다. 어린 시절 내가 그녀에게 했던 말이었다.
'네 것은 곧 내 것이야. 너의 마리아.'
우리는 한참 동안 말없이 앉아 있었다. 그것은 우리가 짊어지기에는 너무 엄청난 고통이 닥칠 때 하늘이 선사하는 정신의 기절 상태였다. 마침내 의사가 자리에서 일어나 내 손을 잡으며 말했다.
"우리가 만나는 것도 오늘이 마지막일 걸세. 자넨 이제 여길 떠날 테고, 나는 살 만큼 살았으니까. 다만 자네에게 꼭 말하고 싶은 게 있네. 누구에게도 털어놓지 않고 일생 동안 나 혼자 간직했던 비밀이지. 한 사람에게만큼은 그 비밀을 고백하고 싶군. 잘 들어 주게.

우리에게 작별을 고한 영혼은 참으로 아름다웠네. 찬란하고 순수한 정신과 심오하고 성실한 마음을 가졌지. 나는 그녀만큼 아름다운 영혼을, 아니 그녀보다 더 아름다운 영혼을 알고 있었어.

바로 마리아의 어머니였다네. 난 그녀를 사랑했고, 그녀도 날 사랑했지. 하지만 우린 둘 다 몹시 가난했어. 나는 나 자신과 그녀를 위해 이 세상에서 명예로운 지위를 얻으려고 최선의 노력을 다했네.

그런데 젊은 후작이 내 약혼녀를 본 후 그만 사랑에 빠지고 말았다네. 그 후작은 내가 모시던 분이었지. 그분은 그녀를 진심으로 사랑했어. 그래서 어떤 희생을 감수하고라도 가난한 고아였던 그녀를 부인으로 맞이할 각오가 되어 있었지.

나는 그녀를 향한 내 사랑의 행복을 희생할 만큼 그녀를 사랑했다네. 그래서 고향을 떠나 그녀에게 편지를 썼지. 약혼을 취소하자고 말이야. 그 후 그녀를 다시는 만나지 못하다가 결국 그녀의 임종 자리에서 만나게 되었네. 그녀는 첫딸을 낳다가 세상을 떠나고 말았지.

이제 알겠나? 내가 왜 자네의 마리아를 사랑했는지, 왜 그녀의 삶을 하루라도 더 연장하기 위해 그토록 고심했는지 말일세. 그녀는 내 심장을 이 지상에 묶어 두었던 유일한 존재였다네.

그러니 내가 그랬듯이 자네 역시 삶이라는 짐을 짊어지게나. 단 하루도 쓸데없는 슬픔으로 허비해서는 안 되네. 할 수 있는 한 많은 사람들을 돕고 그들을 사랑하게. 그리고 이 지상에서 그녀와 같은 마음을 가진 이를 만나 알고 사랑하게 허락하신 신께 감사드리게. 그녀를 잃어버린 것마저도."

"신의 뜻대로 하겠습니다."

나는 그렇게 대답했고, 우리는 영원히 이별을 하였다.

그 후로 며칠이 지나고, 몇 주, 몇 달, 몇 년이 흘렀다. 그러는 사이 고향은 타향이 되고 타향은 고향이 되었다. 그러나 그녀의 사랑은 내게 남아 있다. 눈물 한 방울이 바다에 떨어지듯이 그녀를 향한 사랑은 이제 살아 있는 인류의 바다로 떨어진다. 그리하여 수백만, 내가 어린 시절부터 사랑했던 수백만의 '타인들'에게 스며들어 그들을 휘감는다.

다만 오늘처럼 고요한 여름날, 푸른 숲속 자연의 품에 홀로 안겨 있다 보면, 저 바깥에도 사람들이 살고 있는지 아니면 이 세상을 오로지 나 혼자 살아가고 있는 건지 모호해질 때가 있다. 그러면 기억의 묘지가 부산스러워지기 시작한다. 죽어 버린 생각들이 되살아나고 엄청난 사랑의 힘이 가슴속으로 되돌아와, 헤아릴 수 없이 깊고 신비스러운 눈으로 날 바라보는 그 아름다운 존재를 향해 흘러간다.

그럴 때면 수백만을 향한 사랑은 단 한 사람, 내 착한 천사를 향한 사랑 속으로 종적을 감추어 버리는 듯하다. 그리고 나의 생각들은 유한하면서도 무한한, 불가사의한 사랑의 수수께끼 앞에서 입을 다물고 만다.

| 《독일인의 사랑》 제대로 읽기 |

시처럼, 음악처럼 아름다운 언어로 사랑의 본질을 말하다

강혜원 _ 서울 상암고등학교 국어 교사

사랑이란 무엇일까?

"사랑이 뭐라고 생각하나요?"
이 질문에 어린아이들은 어떻게 대답할까? 실제로 네 살부터 여덟 살까지의 아이들에게 이 질문을 했을 때 의외로 깊은 의미가 담긴 답을 해 주었다고 한다.

사랑이란 내가 피곤할 때 나를 미소짓게 하는 거예요. -테리, 네 살

사랑이란 엄마가 아빠를 위해 커피를 끓인 뒤, 아빠에게 주기 전에 맛이 괜찮은지 한 모금 먹어 보는 거예요. -대니, 일곱 살

사랑이란 누가 나에게 상처 주는 말을 하거나 날 아프게 해서 몹시 화가 나도 그 사람에게 소리를 지르지 않는 거예요. 왜냐하면 내가 그러면 그 사람 기분이 나빠질 테니까요. -사만다, 여섯 살

이 깜찍한 대답들은 인터넷에서 쉽게 찾아볼 수 있다. 저자나 출처는 불분명하지만, 순수하고 명쾌하며 생각거리를 던져 주기 때문인지 메일이나 블로그를 통해 널리 퍼졌다.
사랑이란 진짜 무엇일까? 한마디로 정의하기가 쉽지 않을 것이다. 백 명에게 묻는다면 백 가지 답이 나오지 않을까?
검색 사이트에 '사랑'이라는 단어를 치면 약 일억 개 이상의 검색 결과가 뜬다. 그 수많은 이야기 속에 사람들은 사랑에 관한 갖가지 기쁨, 슬픔, 절망, 희망을 담아내거나 질문을 퍼붓는다. 도대체 사랑이 무엇이기에 이렇듯 많은 사람들이 말하고 싶어 하고, 알고 싶어 하는 것일까?

사랑이 사람의 인생에서 빼놓을 수 없는 소중한 것이라는 데에는 모두 동의할 것이다. 심장이 없으면 숨을 쉬지 못하듯, 사랑이 없는 삶은 죽음과 다를 바 없다. 오죽하면 심장의 모양을 형상화한 하트가 사랑의 상징이 되었을까? 하지만 어느 누구도 사랑에 대해 단정하여 답할 수 없다.

사람들은 오랜 세월 동안 사랑에 가장 적합한 답을 찾기 위해 끊임없이 노력해 왔다. 그래서

젊은 시절의 막스 뮐러

사랑을 주제로 하여 소설가와 시인들은 언어로, 음악가는 아름다운 선율로, 화가는 그림으로 숱한 예술 작품을 창작했다. 그 속에는 순수한 사랑, 슬픈 사랑, 찬란한 사랑, 열정적인 사랑, 무조건적인 사랑, 이기적인 사랑 등 갖가지 모습이 담겨 있다.

《독일인의 사랑》역시 아름다운 영혼을 지닌 두 사람의 고귀한 사랑을 그린 이야기로 수많은 이의 가슴을 뒤흔든 소설이다. 독일 출신의 비교언어학자 프리드리히 막스 뮐러가 1866년에 쓴 작품으로, 짧은 인생을 병상에서 보내다 죽어 간 여인 마리아와 어린 시절부터 그녀를 지켜보며 마음을 키워 간 주인공의 사랑을 시처럼 아름다운 언어로 그려 냈다.

구성도 단순하고 등장인물도 얼마 되지 않으며, 갈등이라고 할 만한 요소도 거의 없는 이 작품이 사랑에 관한 고전의 정석으로 사람들에게 각인된 이유는 무엇일까? 그것은 이야기 자체의 아름다움 때문이기도 하겠지만, 그 어느 작품보다 사랑의 본질을 정확하게 파악하고 있기 때문일 것이다.

평생의 빛이 된 애절한 사랑

나의 첫 번째 회상은 어린 시절로 거슬러 간다. 나의 어린 시절은 모든 감각이 생생하고 만물이 조화를 이루는 아름다운 세계였다. 그 속에서 무한한 행복을 느끼며 살아가던 나에게 처음으로 아픔을 느끼게 한 사건이 일어난다. 어느 날 아버지와 함께 후작의 성을 방문한 나는 순수한 마음으로 어머니에게 하듯 후작부인에게 입을 맞춘다. 그러나 아버지에게 야단을 맞고 사람들의 웃음거리가 되고 나서, 처음으로 타인이라는 존재를 알게 된다.

그 뒤 후작의 아이들과 어울려 놀면서 후작의 딸인 마리아와 인연을 맺게 된다. 병에 시달리는 마리아는 늘 침대에 누워 우리들이 노는 모습을 바라보곤 한다. 나는 그런 마리아의 모습을 보며, 그녀 곁에 있어야 할 것 같은 기분을 느낀다.

어느 날 마리아는 언제 죽을지 모르는 자신의 처지를 생각하며 동생들에게 반지를 하나씩 나누어 준다. 반지를 받지 못한 나는 그녀가 나를 자신의 형제자매들만큼 사랑하지 않는다고 생각하고 실망감에 휩싸인다. 그 순간 마리아는 나의 마음을 눈치채고 그 반지를 나에게 주려 한다. 그러나 나는 "네 것은 곧 내 것이니까."라고 말하며 반지를 다시 그녀에게 건넨다.

세월이 흘러 청년이 된 나는 마리아의 편지를 받고 다시 성을 방문한다. 이후 매일 저녁 그녀를 찾아가면서 서로 비슷한 점이 많고 대화가 통한다는 것을 알게 된다. 그리고 시를 이야기하고, 음악을 함께 듣고, 사랑이나 종교를 주제로 깊은 이야기를 나누는 동안 나와 그녀 사이에 뭐라 말할 수 없는 감정이 오고 가는 것을 느낀다.

그러던 어느 날, 마리아의 주치의가 나를 찾아온다. 그는 마리

막스 뮐러가 사랑한 음악가

뮐러는 음악과 시에 깊은 관심을 갖고 평생 동안 애정을 보였다. 음악에 대한 사랑은 《독일인의 사랑》에도 고스란히 나타난다. 주인공에게 새로운 세상을 열어 주었던 것이 부활절의 찬송가였고, 다시금 그 순간을 떠올리게 한 것 역시 베토벤, 마르첼로, 헨델의 음악이었다. 작품 속에 언급한 만큼 작가가 특별히 더욱더 사랑했던 음악가들이 아닐까? 작가가 말한 '베토벤의 아다지오'는 정확히 어떤 곡인지 알 수 없다. 아다지오란 본래 악보에서 안단테와 라르고 사이의 느린 속도로 연주하라는 말, 또는 그 속도로 연주하는 곡이나 악장을 가리킨다. 베토벤의 음악에서 아다지오에 해당하는 곡은 〈월광 소나타(피아노 소나타 14번)〉 1악장의 느리고 부드러운 선율, 〈피아노 협주곡 5번(황제)〉 2악장, 〈비창 소나타(피아노 소나타 8번)〉 2악장 등이 있다. 주인공은 과연 어떤 곡을 떠올렸을까?

베토벤의 초상화. 요제프 카를 스틸러 작품(1820)

마르첼로는 우리에게는 조금 낯선 이탈리아의 음악가이다. 대부분의 음악가들이 가난하고 궁핍한 생활 때문에 힘들어 했던 반면, 마르첼로는 부유한 가문에서 태어나 아무런 어려움 없이 음악을 즐겼다. 그는 베네치아의 의회 의원을 맡기도 했고, 시인으로도 활동하면서 취미로 음악을 했다. 오페라와 오라토리오, 협주곡 등을 남겼는데, 음악보다는 오페라의 대본이나 오페라 역사에 관한 저서 등으로 더 유명하다. 특히 당시에는 최고의 교회 송가 작곡가로 이름이 높았다.

헨델의 합창곡은 그 유명한 〈메시아〉 중의 '할렐루야'를 말하는 것이다. 〈메시아〉는 예수의 탄생과 예언, 수난과 부활을 그린 작품으로, 무려 두 시간 반 동안 연주되는 대작이다. 1742년 런던 초연에 참석한 영국의 왕 조지 2세가 '할렐루야'의 합창이 시작되자 감격하여 자리에서 일어난 이후, '할렐루야' 합창 부분에서는 청중들이 일어나는 것이 관례가 되었다. 헨델은 생전에 56회에 걸쳐 메시아를 지휘했는데, 그 수익금은 모두 자선 단체에 기부했다고 한다.

독일의 할레에 있는 헨델 하우스. 박물관과 콘서트 홀로 구성되어 있으며, 해마다 헨델 페스티벌이 열린다.

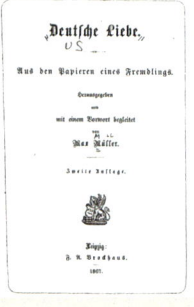

《독일인의 사랑》 표제지와 본문 첫 장

아가 오래 살길 바란다면 다시는 마리아를 만나지 말라고 충고한다. 나는 의사를 만난 뒤 비로소 마리아를 깊이 사랑하고 있음을 깨닫고 혼란스러운 마음을 추스르기 위해 집을 떠난다. 티롤의 산과 계곡을 정처 없이 떠돌며 그녀가 나를 사랑할 리 없다는 생각, 극복하기 힘든 신분의 차이, 고독감 같은 감정 때문에 괴로워한다.

문득 나는 그녀를 사랑하는 것이 운명이라는 사실을 깨닫고, 그녀를 만나기 위해 무작정 티롤에 있는 그녀의 성을 찾아간다. 다시 만난 나와 마리아는 이상적인 사랑에 관해 많은 이야기를 나눈다. 나는 해질 무렵의 어스름한 빛 속에서 아름답게 빛나는 그녀를 바라보며 감정을 억누르지 못하고 사랑을 고백한다. 그러나 그녀는 자신의 마음을 열지 않은 채 나를 보낸다.

나는 이틀을 기다렸다가 다시 그녀를 찾아간다. 그녀는 세상의 수군거림과 둘의 만남을 반대하는 가족들의 이야기를 하며 친구로서 헤어지자고 말한다. 그러나 나는 두 사람이 함께 살아 나갈 길은 모든 편견을 뛰어넘어 결합하는 것이라고 설득한다. "나는 너를 사랑해야 하기 때문에 사랑한다."는 나의 말에 그녀는 마침내 자신의 진심을 드러내 사랑을 고백한다.

그날 자정 무렵, 의사가 찾아와 슬픈 소식을 전한다. 마리아는 하늘나라로 떠났다. 나에게 '신의 뜻대로'라는 말이 새겨진 반지와 '네 것은 곧 내 것이야.'라는 말을 남긴 채.

깊은 감동이 뻔한 줄거리를 압도한다

다음은 어느 중학교의 국어 수업 시간의 한 장면이다.

선생님_ 자, 오늘은 소설의 구성 단계를 공부해 봅시다. 발단, 전개, 위기, 절정, 결말의 다섯 단계를 알고 있죠? 이 일반적인 다섯 단계에 맞춰서 조별로 이야기를 만들어 보세요.

학생 1_ 영희와 철수는 같은 학교에 다녀. 영희는 재벌가 무남독녀. 음, 철수는 어렸을 때 아버지가 돌아가시고, 어머니 혼자 시장에서 장사를 하는 가난한 집 아들이지.

학생 2_ 그러던 어느 날, 철수가 지나가다가 책 한 권을 떨어뜨리는데 우연히 영희가 그것을 줍는 거야. 영희는 책 곳곳에 적힌 메모를 보며 철수에게 호감을 갖게 돼. 그러다 책을 주려고 만난 날, 두 사람은 첫눈에 사랑에 빠지는 거지.

학생 3_ 그래서 둘은 영원히 행복하게 살았다, 그러면 너무 재미없잖아? 사랑에는 위기가 있어야 하는 법이거든. 부잣집 아들인 호동이가 나타나 둘 사이를 방해한다는 설정을 하면 어떨까?

학생 4_ 그거 하나만으론 좀 부족해. 영희의 부모님도 두 사람의 만남을 싫어해야지. 그런 우여곡절을 겪다가…….

학생 5_ 아, 서로 오해하다가 영희가 불치병에 걸린 걸 알게 되는 걸로 하자. 음……, 백혈병이 어떨까?

학생 6_ 이거 뭐, 드라마에서 흔히 본 스토리인걸. 아무튼 서로의 마음을 확인했지만, 영희는 하늘나라로…….

불치병에 걸린 여주인공과의 사랑을 다룬 드라마 〈가을 동화〉

학생 7_ 안 돼! 그런 비극적인 결말은 싫어. 철수가 골수를 기증하는데 천만다행으로 그게 영희한테 잘 맞아서 완치되는 걸로 하자. 그야말로 해피엔딩!

어디서 많이 본 듯한 줄거리 아닌가? 주인공들의 절절한 사랑과 그 둘 사이에 놓인 신분의 장벽, 가족의 반대와 짧은 이별, 불치병, 그리고 사랑의 확인······. '혹시 뮐러가 타임머신을 타고 현대로 와서 드라마들을 보고 참고한 것이 아닐까?' 하는 우스꽝스런 생각이 들지도 모르겠다.

그런데 곰곰 생각해 보자. 우리가 고전이라 부르는 작품 속의 사랑 이야기들을. 셰익스피어의 《로미오와 줄리엣》은 두 가문이 철천지원수 사이였다. 우리 고전 《춘향전》의 주인공들은 어떠한가? 이몽룡은 양반집 자제였지만, 춘향은 기생의 딸이었다. 알렉상드르 뒤마 피스의 《춘희》에 나오는 주인공들도 마찬가지이다. 귀족과 창녀라는 신분의 차이를 극복하고 우여곡절 끝에 사랑을 확인하지만, 결국 여주인공의 죽음으로 영원한 이별을 고하지 않았던가.

드라마는 대중들에게 다가가기 위해 인생에서 일어날 수 있는 일들을 아주 극적으로, 혹은 아주 아름답게 담아낸다. 그것을 보며 우리는 대리 만족을 느끼고 열광한다. 고전 역시 당시에는 대중들을 위한 소설이었던 만큼 대중들이 원하는 이야기를 보여 주어야 했다.

위대한 작가들은 현실의 삶과 동떨어

포드 매독스 브라운이 그린 〈로미오와 줄리엣〉(1870)

진 이야기가 아니라 삶의 생생하고 극적인 순간
들, 사람들 사이의 갈등, 흑백으로 설명할 수 없는
미묘한 심리 등을 적나라하게 드러냈다. 그 과정
에서 인생과 사랑의 깊은 의미를 깨닫게 했기 때
문에 몇 백 년이 지난 지금의 우리도 고전을 읽으
며 공감하고 위안을 얻는다.

《춘희》의 실제 모델로 알려진 마리 뒤프레시

《독일인의 사랑》은 줄거리만 살핀다면 흔히
볼 수 있는 사랑과 이별 이야기라고 생각할지 모
른다. 그러나 그 단순한 얼개 속에 사랑의 완성을
향해 가는 깨달음의 과정과 인생에 대한 깊은 통찰이 담겨 있다.
즉, 사랑 이야기인 동시에 사랑과 인생에 관한 철학서인 것이다.

시처럼, 아니 시보다 더 아름답게

《독일인의 사랑》은 소설의 특징을 뛰어넘는 소설이라고도 말
할 수 있다. 대체 무슨 말인가, 하고 고개를 갸웃할지도 모르겠
다. 소설은 본래 우리 인생에서 일어날 만한 이야기나 상상할 수
있는 이야기들을 글로 풀어 낸 문학의 한 갈래이다. 인물과 인물
이 만나 사건이 일어나고 갈등이 생기면서 이야기가 전개된다.

그런데 이 작품은 소설이면서도 시처럼 아름답고 함축적인 표
현들이 넘쳐나 우리의 감각을 자극한다. 때로는 음악을 듣는 것
같은 운율감마저 느껴지기도 한다. 그것은 자극적으로 우리의 마
음을 뒤흔드는 것이 아니라, 고요하면서도 강렬하게 파고든다.
작가는 마리아의 입을 빌려 시의 아름다움을 이렇게 설명한다.

시인의 입을 빌려 사랑을 노래하라

작품 속에 시를 인용하는 경우는 흔히 볼 수 있지만, 긴 시의 전문이 모두 실리는 일은 흔치 않다. 《독일인의 사랑》에는 두 편의 시가 몇 쪽에 걸쳐 실려 있는데, 바로 매슈 아널드의 〈파묻힌 생명〉과 윌리엄 워즈워스의 〈고지의 소녀〉이다.

매슈 아널드(1822~1888)는 영국의 시인이자 평론가이다. 럭비 학교 교장인 아버지에 이어 교직 생활을 하다가 장학관이 되었고, 옥스퍼드 대학의 시학 교수를 지내기도 했다. 바쁜 생활 중에도 성실하게 시를 써 나갔다. 고독과 애수를 담은 시들을 많이 썼으며 《에트나산 위의 엠페도클레스》, 《학자(學者) 집시》, 《도버 연안》 등의 시집을 냈다. 사십 대 이후에는 비평에 전념하여 《비평론집》으로 현대 비평의 길을 열었다. 그 밖에 《교양과 무질서》, 《미국 강연집》 등을 썼다.

윌리엄 워즈워스(1770~1850)는 영국을 대표하는 낭만주의 시인이다. 그는 1798년에 테일러 콜리지와 공동으로 《서정 민요집》을 발표했는데, 이것이 영국 낭만주의 운동의 시발점이 되었다. 그는 '시골 가난한 사람들이 그 자신의 감정을 스스로 발현시킨 것만이 진실한 것이며, 그들이 사용하는 소박하고 친근한 언어야말로 시에 알맞은 언어'라고 말하며 기교적인 시적 언어를 배척했다. 그는 자연의 미묘한 아름다움을 깊이 관찰하고, 사랑과 고요함을 노래하였다. 이러한 사상은 영문학뿐만 아니라 유럽 문화 전반에 걸쳐 큰 영향을 미쳤다. 많은 낭만주의 시인들이 요절한 반면, 워즈워스는 장수하여 1843년 일흔셋의 나이에 계관 시인이 되었고, 여든 살에 세상을 떠났다.

매슈 아널드

윌리엄 워즈워스

영국 그래스미어에 있는 워즈워스의 묘지

"시인들은 얼마나 행복할까! 시인의 언어는 침묵하는 수천의 영혼 안에서 가장 심오한 감정들을 불러내니 말이야. 그들의 노래가 가장 달콤한 비밀의 고백이 된 경우가 얼마나 많은지 생각해 봐. 시인의 심장은 가난한 이의 가슴에서도, 부자의 가슴에서도 고동치지."

이러한 표현들은 언어학자인 작가의 장점이 극대화된 것이라 볼 수 있다. 작가는 교회에서 흘러나오는 음악이 어린 나에게 감동을 준 순간을 이렇게 표현했다.

갑자기 높은 창문들을 통해 흘러나온 빛이 파도처럼 출렁이며 살아 움직이기 시작했다. 그 빛은 똑바로 쳐다볼 수 없을 정도로 찬란해서, 나는 그만 눈을 감고 말았다. 그러자 그 빛이 내 영혼으로 밀려 들어왔다.

소리와 빛이 하나가 되어 내 안으로 들어온 것 같다는 느낌을 이렇듯 공감각적으로 묘사한 것이다.

나이가 들수록 순수한 사랑의 본질을 잊고 정염에 불타오르는 사랑을 한다는 이야기를 할 때 '뜨거운 모래밭에 떨어진 빗방울처럼 스스로를 소모하는 사랑'이라고 표현한다. 달빛이 아름답게 쏟아지는 숲의 정경을 이야기할 때는 '달이 온 나뭇가지와 이파리에 은빛을 뿌리는 모습'이라고 말한다. 마리아와 다시 만나 이야기를 나누는 장면에서는 '그녀는 감정의 현을 울려 내 영혼을 흔들었다.'라고 표현한다. 시 전문을 인용하여 인물들의 심리 상태를 보여 주거나 상황을 느끼게 하기도 한다.

주인공은 마지막 장면에서 마리아를 떠올리며 느끼는 감정들을 이렇게 표현한다. 가만히 소리내어 읽으면 한 편의 시라 해도 손색이 없을 만큼 아름답지 않은가?

다만 오늘처럼 고요한 여름날, 푸른 숲속 자연의 품에 홀로 안겨 있다 보면, 저 바깥에도 사람들이 살고 있는지 아니면 이 세상을 오로지 나 혼자 살아가고 있는 건지 모호해질 때가 있다. 그러면 기억의 묘지가 부산스러워지기 시작한다. 죽어 버린 생각들이 되살아나고 엄청난 사랑의 힘이 가슴속으로 되돌아와, 헤아릴 수 없이 깊고 신비스러운 눈으로 날 바라보는 그 아름다운 존재를 향해 흘러간다.

여러 빛깔의 추억이 만들어 낸 아름다운 그림

사랑에 대한 철학적 성찰이 담긴 이야기인 만큼, 이 작품을 읽다 보면 우리는 인간이 어떻게 성장하여 다른 이를 만나고 사랑을 키워 가는지, 남녀 간의 사랑은 어떤 모습이어야 하는지, 우리의 사랑은 결국 어느 방향으로 흘러가야 하는지를 깨닫게 된다.

이 작품은 모두 여덟 개의 회상으로 이루어져 있다. 전체적으로 주인공인 '나'가 마리아를 만나 사랑하고 헤어지는, 달콤하면서도 가슴 저미는 이야기지만 각 장의 내용은 인간이 경험하는 사랑의 여러 빛깔을 나타내기에 그에 걸맞은 각각의 제목을 붙여 볼 수 있다. 여러 빛깔의 무지개가 어우러져 더할 나위 없이 아름다운 형상을 만들어 내는 것처럼, 이야기들은 각각의 의미를 가지는 동시에 신비로운 그림 하나로 완성된다.

《독일인의 사랑》이 젊은이들의 자살을 막았다?

소설가 이순원은 장편소설《지금, 압구정동엔 비상구가 없다》에서 '어떤 이는 권총 자살을 유행시킨 작품이《젊은 베르테르의 슬픔》이라면 그것을 막은 것은《독일인의 사랑》이라고 말한다.'라고 썼다. 이 작품이 발표된 이후 독일 젊은이들은 실연을 당해도 더 이상 권총 자살을 하지 않았다는 것. 한 젊은이가 작가에게 보내는 편지 속에서 한 말이기에 실제로 그랬다는 근거는 없다. 하지만 어쩐지 그랬을 수도 있겠다, 싶은 생각이 든다.

베르테르를 그린 삽화. 파란색 연미복과 노란색 조끼를 입은 베르테르가 고민에 휩싸인 모습으로 앉아 있다.

괴테가 1774년에 발표한《젊은 베르테르의 슬픔》은 약혼자가 있는 아름다운 여인 로테를 사랑하는 베르테르가 이룰 수 없는 사랑에 번민하고 좌절하다가 끝내 자살을 선택한다는 내용을 담고 있다. 이 작품은 출간 직후부터 독일 젊은이들의 열광적인 공감을 이끌어 냈다. 베르테르가 입었던 노란색 조끼와 파란색 연미복이 독일 젊은이들 사이에서 선풍적인 인기를 끌었고, 실연을 당한 젊은이들이 베르테르처럼 자살을 선택하여 심각한 사회 문제가 되기도 하였다.

《독일인의 사랑》은 1866년에 발표되었으므로, 약 백 년쯤 뒤의 작품이다. 실연 때문에 자살을 선택하는 격동적인 분위기는 이미 지나가 버린 때였으리라. 그래도 주인공이 베르테르처럼 격정적이었다면 먼저 떠난 마리아를 따라 죽음을 선택했을지도 모른다. 그러나 그는 의사의 말에 귀를 기울였다.

《젊은 베르테르의 슬픔》은 뮤지컬이나 연극으로도 많이 공연되는 작품이다.

"자네 역시 삶이라는 짐을 짊어지겠네. 단 하루도 쓸데없는 슬픔으로 허비해서는 안 되네. 할 수 있는 한 많은 사람들을 돕고 그들을 사랑하게. 그리고 이 지상에서 그녀와 같은 마음을 가진 이를 만나 알고 사랑하게 허락하신 신께 감사드리게. 그녀를 잃어버린 것마저도."

의사는 자살을 선택하는 이기적인 사랑은 이미 사랑이 아님을, 타인의 삶을 위해 자신의 사랑을 나누어 주는 진정한 의미의 사랑을 실천하라고 말하는 것이다.

뮐러를 재미있게 표현한 그림들

첫 번째 회상은 어린 시절의 이야기이다. '나와 남이 분리되지 않았던 몽환적인 세계'라고 제목을 붙이면 어떨까? 그저 행복하기만 했던 어린 시절은 '정지도 고통도 모르는 삶'이었다. 아름다운 별을 처음 보았을 때의 감동, 그 별빛을 보며 어머니의 따뜻한 품에서 잠들던 기억, 제비꽃 다발의 향기와 파란 하늘…….

그리고 그것들보다 더 아름다웠던 청아하고 거룩한 노랫소리. 이렇듯 청각, 시각, 후각, 촉각 등 모든 감각이 생생하게 열려 있었기에 세상의 모든 것을 있는 그대로 내 것으로 받아들일 수 있었다. 눈두덩을 물던 모기조차도 내게 인사하는 것처럼 여겨지던 아름다운 시절이 아닌가!

그러다가 '타인이라는 존재를 알게 되는 날'이 온다. 두 번째 회상에 담긴 이야기가 그것이다. 주인공은 '낯선 타인의 존재를 배우는 순간부터 더 이상 아이일 수 없다.'고 말한다. 나는 아무것도 따지지 않고 스스럼없이 사랑을 표현하지만, 그것은 해서는 안 되는 일, 웃음거리가 되는 일이다. 타인과 나를 동일시하던 어린 시절과 작별을 하면서, 마침내 나는 남과 다르다는 것을 알게 된다. 이것을 우리는 '성장'이라고도 말한다.

세 번째 회상은 '내 것과 남의 것에 대한 아리송한 자각'이라고 해 보면 어떨까? 나는 내 것과 남의 것의 개념을 쉽게 이해하지 못한다. 그래서 후작 부인의 금팔찌를 어려운 처지의 여인에게 주는 바람에 한바탕 소동이 일어난다. 과일 파는 여인이 거스름돈이 없으니 과일을 더 샀으면 좋겠다고 하자, 가진 돈을 모두 주며 "이것으로 거슬러 주면 되잖아요?"라고 말하기도 한다.

나와 남을 구별하기 시작하는 동시에, 곁에 있어 주고 싶은 남을 발견하게 된 것도 바로 이 시기이다. 나는 내게 반지를 주려던 마리아에게 '네 것은 곧 내 것'이라며 돌려준다. 또 아파서 누워 있는 마리아가 혼자서 고통을 겪지 않도록 그녀 곁에서 고통의 일부나마 덜어 주고 싶다는 생각을 한다. 아직 아이이기에 그것이 무엇인지 정확히 알지 못했을 테지만, 비로소 사랑의 감정을 느끼기 시작한 것이다.

모든 것을 아우르는 위대하고 완전한 사랑을 위하여

네 번째 회상은 젊은 남녀가 만나 '사랑이라 불리는 일렁이는 감정'을 공유하는 단계이다. 청소년기와 대학 시절을 보내는 동안에도 나의 마음속에는 늘 마리아가 자리한다. 현실 속의 진짜 마리아가 아니라 상상 속에서 천사로 자리 잡은 마리아. 고향에 돌아와 다시 마리아를 만난 나는 말로 표현할 수 없는 복잡한 감정을 맛본다. 그것은 환상 속 천사가 아닌 실제 살아 숨 쉬는, 어쩌면 천사보다 더 아름다운 인간을 만났기 때문이다.

다섯 번째 회상은 '사랑의 성장'이라 붙일 수 있을 것이다. 사랑이 구체적인 형상을 갖게 되는 시기이다. 나의 감성은 마리아로 인해 싹이 트고 꽃이 핀다. 마리아는 나의 내면을 풍성하고 알차게 만드는 햇빛이다. 생각하는 모든 것이 늘 일치하는 것은 아니지만 대화를 통해 조화를 이루어 나간다. 그리고 나는 나 자신의 모습을 있는 그대로 마리아에게 보여 주길 원한다.

이제 사랑은 시련기를 맞이한다. 여섯 번째 회상은 '사랑의 시련'이다. 꽃이 피어나기까지 추위와 비바람을 견뎌 내듯 사랑이 피어나기 위해서는 시련을 극복해야 하는 법이다. 그리고 시련을 극복하는 과정에서 사람들은 자신이 진정으로 원하는 바가 무엇인지를 깨닫는다.

마리아가 오래 살길 바란다면 만나지 말라는 의사의 부탁을 받고 나는 그녀 곁을 떠난다. 운명이 우리에게 데려다 준 영혼은 꽉 붙잡아야 한다고 생각하지만…… 그녀 역시 나를 사랑할까?

일곱 번째 회상은 '사랑을 확인하고 고백'하는 단계이다. 나는 깨닫는다. 사랑이란 만인의 가슴을 타고 흐르는 이 세상의 바다라고. 누구나 자신만의 사랑을 이야기하지만 사실 그것은 온 인류를 살아가게 하는 힘이라고. 나는 마리아에게 온 진심을 담아 "그 무엇도 갈라놓지 못하도록 우리의 영혼을 하나로 맺자."고 말한다.

마지막 회상! 두 사람은 마음속에 서로를 향한 '진정한 사랑'이 자리하고 있음을 확인한다. 체면도, 소문도, 신분도, 종교도 사랑을 가로막을 수 없음을 깨닫는 것이다. 나는 마리아에게 사랑을 포기하는 희생이 과연 누구를 위한 것인지 묻는다. 나의 진심 어린 고백 앞에 마리아는 이렇게 묻는다.

"날 왜 사랑하니?"
"왜냐고? 마리아! 아이에게 왜 태어났는지 물어봐. 꽃에게 왜 피었는지 물어봐. 태양에게 왜 햇살을 비추는지 물어봐. 나는 너를 사랑해야 하기 때문에 사랑해."

그리고 또 이렇게 말한다.

사랑해야 하기 때문에 사랑한다

《독일인의 사랑》은 사랑에 관한 깊은 성찰이 아름다운 언어로 표현된 작품인 만큼, 작품 속의 주옥같은 문장들이 곳곳에서 인용되곤 한다. 2001년에 발표된 영화 〈번지 점프를 하다〉의 마지막 장면에서도 《독일인의 사랑》의 아름다운 구절을 인용해 이야기를 마무리한다.

〈번지 점프를 하다〉는 한 여인에게 첫눈에 반한 남자가 시간이 지나도 그녀를 잊지 못하고, 이십여 년 후 결국 환생의 인연이 되어 다시 만나게 되는 과정을 그린 멜로 영화이다. 고등학교 교사가 된 남자는 자신의 수업을 듣는 소년에게서 첫사랑인 그녀의 사사로운 행동과 흔적을 발견하고 혼란을 느낀다.

마침내 두 사람은 서로를 알아본다. 그러나 스승과 제자라는 관계인 데다가 동성(同性)이라는 현실 앞에 좌절하고, 결국 동반 자살을 위해 번지 점프를 선택하며 영원한 사랑을 약속한다는 내용.

두 사람이 번지 점프를 하는 마지막 장면에서 남자가 담담하게 말하는 대사 중에 바로 《독일인의 사랑》에서 주인공이 마리아에게 하는 그 말이 담겨 있다.

김대승 감독이 만든 영화 〈번지 점프를 하다〉(2001)

두 주인공이 마지막으로 번지 점프를 하기 전 나란히 서서 먼 곳을 응시하고 있다.

"몇 번을 죽고 다시 태어난대도 결국 진정한 사랑은 단 한 번뿐이라고 합니다. 대부분의 사랑은 한 사람만을 사랑할 수 있는 심장을 지녔기 때문이라죠. 인생의 절벽 아래로 뛰어내린대도 그 아래는 끝이 아닐 거라고 당신이 말했습니다. 다시 만나 사랑하겠습니다. 사랑하기 때문에 사랑하는 것이 아니라, 사랑할 수밖에 없기 때문에 당신을 사랑합니다."

"신은 네게 고통스러운 삶을 선사하셨지만, 너와 그 고통을 나누라고 나를 보내신 거야. 너의 고통은 나의 고통이야. 무거운 돛을 달고 나아가는 배처럼 우리는 그 고통을 함께 짊어져야 해."

이 대목에 이르러 소설 전체의 줄거리와 상관없는 듯 보이던 첫 번째 회상과 두 번째 회상의 의미를 이해할 수 있게 된다. 세상 모든 것을 완전하고 순수한 하나로 보았던 어린 시절을 말한 것이 첫 번째 회상이다. 그런 세상에서 타인의 존재를 인식하고 아픔을 느끼기 시작한 것이 두 번째 회상이다. 그리고 이어지는 회상들은 진실한 사랑을 통해 다른 이를 나와 함께하는 존재로 받아들일 수 있게 되었음을 보여 준다.

사랑이란 바로 그런 것이다. 나는 곧 너이며, 사랑하기 때문에 너의 고통은 나의 것이 된다. 이름과 대상은 다르지만 연인과의 사랑도, 어머니의 사랑도, 친구의 사랑도, 인류를 향한 사랑도 모두 그런 것이다.

결국 작가는 어린 시절 완전한 하나를 꿈꾸었던 것처럼, 여러 가지 다양한 빛깔의 사랑도 결과적으로 모든 것을 아우르는 단 하나의 사랑, 인류의 바다로 떨어져 수백만의 타인들에게 스며드는 위대한 사랑으로 귀결된다는 말을 하고 싶은 것이다.

종교와 철학의 토양 위에서 더욱 성숙해지는 사랑

일반적으로 장편소설이라면 개성이 뚜렷한 다양한 인물이 여럿 등장하고, 거기에 갖가지 사건이 얽히고설키는 데 비해 이 작품은 두 주인공을 중심으로 전개되는 단순한 구성을 보여 준다. 그러나 얼개가 단순하다고 해서 의미까지 그런 것은 아니다. 단순함 속에 깊은 생각들이 흐르고 있다. 두 주인공의 대화와 '나'의 생각 속에 삶과 사랑에 대한 작가의 종교적, 철학적, 문학적, 예술적인 소양이 담겨 있기 때문이다.

두 주인공은 비슷하면서도 다르다. 두 사람 모두 신과 신앙에 대해 깊이 생각한다. 좋아하는 음악도 비슷하고 읽는 책도 비슷하다. 하지만 토론을 통해 서로 다른 점을 발견하기도 한다. 그들이 즐겨 읽은 책 《독일 신학》은 신의 섭리 속에서 인간과 신의 합일이 이루어진다는 내용을 담고 있다.

이 책에서 강하게 영향을 받은 마리아는 신의 계시를 받아들이고 신의 섭리에 순종하는 태도를 보인다. 이와 같은 사상은 자신의 삶을 바라보는 태도와 연결된다. 세상을 직접 경험하지 못하고 침대 위에서만 살아온 마리아는 모든 것을 수용하고 받아들이는 성품이다. 그래서 사회적 규범이나 정해진 형식 안에서 아름답고 진실한 것을 찾아야 한다고 생각한다.

그러나 나는 규범이나 틀을 벗어나는 용기가 필요하다는 생각을 갖고 있다. 그렇기에 새장에서 벗어나도 감히 날개를 퍼덕거리지 못하는 새를 안타깝게 여긴다. 또한 신앙에도 현실을 향한 따뜻한 마음이 필요하다고 생각한다. 마리아가 신(神) 중심적인 사고를 갖고 있는 반면, 나는 인간의 의지와 인식을 소중

바뤼흐 스피노자(1632~1677)

네덜란드 암스테르담에 있는 스피노자 기념상

루터에게 깊은 영감을 준 《독일 신학》

마리아가 스스로 선택하여 신을 믿을 수 있도록 영감을 준 《독일 신학》. 이 책은 1350년경 프랑크푸르트의 한 사제가 익명으로 출판한 것으로, 독일의 신비주의자 에크하르트의 영향을 강하게 받아 신과의 신비적 결합을 제시하고 있다. 그런데 이 책의 저자는 왜 자신을 드러내지 않았을까?

이 책이 쓰인 14세기 중엽은 지진과 태풍으로 사람들의 생활이 몹시 힘겨웠던 데다가 때마침 흑사병도 돌아 민심이 흉흉하던 시기였다. 거기에 더해 성직자들이 온갖 악덕한 행위를 일삼아 종교에 대한 신뢰도 바닥을 치고 있었다.

이러한 뒤숭숭한 분위기 속에서 교회는 교권을 더욱 공고하게 다져야 할 필요성을 절감하고, 신비주의가 교리에 어긋난다는 이유를 들어 그에 관련된 이들을 이단으로 몰아 처형했다. 이러한 상황에서 생명의 위협을 느꼈던 저자는 자신의 이름을 숨긴 채 출판할 수밖에 없었을 것이다.

1901년에 출간된 《독일 신학》 영문판

《독일 신학》을 접한 마르틴 루터는 책 속에 담긴 심오함을 발견하고는, 기독교 신앙에 대한 보다 깊은 이해를 널리 알리고자 1516년에 이 책을 출판하였다. 물론 저자는 여전히 익명인 채였지만, 루터 덕분에 큰 의미를 갖게 되었기에 이때부터 이 책을 《마르틴 루터의 독일 신학》이라 부르기도 하였다. 루터는 1518년에 다시 출판하면서 이 책이 얼마나 소중한 가치를 지녔는지 설명하는 다음과 같은 서문을 덧붙인다.

마르틴 루터의 초상화

'온갖 귀한 지식과 신령한 지혜로 가득 차 있는 책이다. ……내가 하느님, 그리스도, 인간 그리고 만물이 무엇인가 하는 것에 관해 이제까지 배웠고, 배우고 싶었던 것 중에 성경과 아우구스티누스 말고는 이 책만큼 나의 관심을 끈 것이 없었다.'

히 여기는 것이다. 하지만 그러한 인식의 차이에도 불구하고 두 사람 모두 삶에서 일어나는 일들을 신의 섭리로, 인간이 겸허하게 받아들여야 하는 숙명으로 생각한다.

사랑을 보는 관점 역시 종교나 철학을 보는 관점과 같다. 나는 마리아와 이야기를 나누면서 스피노자의 《윤리학》을 떠올린다. 스피노자는 세상의 모든 것을 관념과 사물이라는 두 가지 속성을 지닌 것으로 본다. 인간 역시 영혼과 육체라는 두 속성을 가진 존재인데, 이 양자는 따로 존재하는 것이 아니라 서로 합일적인 것이다. 이러한 사상을 바탕으로, 나는 신과 인간이 하나가 되는 신비한 종교의 세계처럼 사랑도 영혼과 육체가 하나가 되어야 완전해진다고 믿는다.

마리아는 나를 사랑하지만, 친구를 사랑하는 것처럼 평온하게 사랑하려고 애쓴다. 그러나 나는 남자로서 마리아를 사랑하는 것이고, 세상의 편견이나 장벽을 넘어 인생을 함께하고 싶은 것이다. 그것은 인간의 영혼과 육체가 결코 분리된 것이 아니라는 철학적인 관점에서 비롯된 생각이다.

그러나 생각의 차이는 두 사람 사이에 갈등을 일으키는 요소가 아니다. 그들은 함께 이야기하고, 서로의 생각을 존중하면서 공감의 폭을 넓혀 나간다. 상대방에 대한 깊은 이해가 바탕이 되었기에 마침내 서로가 서로의 것임을 깨닫게 된다. 사랑은 그렇게 완성된다.

신과 인간의 합일, 영혼과 육체의 합일에 더하여 작품 속에는 자연과 인간의 합일이라는 생각도 녹아들어 있다. 주인공들에게 영감을 주는 자연은 그저 배경으로 존재하는 자연이 아니다. 살아 움직이는 신비로운 존재이며, 인간의 삶과 하나가 되어 있는 존재이다. 그 합일의 세계를 이야기하고 있기에 이 작품은 더욱 더 깊은 향기를 풍긴다.

　이쯤 되면 우리는 이 작품이 흔하디흔한 통속 소설이나 드라마와는 다르다는 것을 다시금 확인할 수 있다. 이 책에서 말하는 종교적, 철학적 관점에 동의하든 안 하든, 사랑이란 것은 단순한 감정에 불과한 것이 아니라 인간에 대한 깊은 이해의 바탕 위에서 이루어진다는 것을 깨닫게 하기 때문이다.

결이 고운 등장인물들

　이 작품 속의 인물들은 하나같이 성품이 맑고 사려 깊으며 아름답다. 소설에서 흔히 볼 수 있는 인물 간의 갈등은 거의 나타나지 않는다. 시처럼, 음악처럼, 풍경화처럼 곱게 그려진 이 작품에서 인물들 역시 '아름답고 선한 피조물'로서의 자기 역할을 하고 있다.

　작품의 서술자이며 주인공인 나는 어떤 인물일까? 주인공이 자기 자신의 이야기를 풀어 나가는 1인칭 주인공 시점의 서술이기에, 우리는 그의 생각과 마음 상태를 자세히 알 수 있다. 그는 어린아이처럼 순수한 마음으로 세상을 본다. 대학에 다니면서 유행처럼 번진 진보 정당의 말투를 쓰기도 하고, 철학서를 읽으며 자신만의 생각을 공고히 다지기도 하지만, 근본적으로는 신과 인간에 대한 믿음을 간직한 진실한 사람이다. 그렇기에 아무런 계산 없이 한 여인을 사랑할 수 있는 것이다.

　마리아는 또 어떠한가? 태어나서부터 줄곧 죽음을 생각하며 살아야 했지만, 절망하기보다는 그것을 겸허하게 받아들인다. 육체적으로 부족한 면이 많기는 해도, 책과 예술을 통해 자신을 가꾼 덕에 영혼의 아름다움이 저절로 빛을 발한다. 또한 어린 나의 마음과 걱정하는 의사의 마음을 헤아려 주는 속 깊은 면모를 보인다.

잠깐씩 등장하는 인물들 중에도 두 주인공과 대비되는 극악한 훼방꾼은 없다. 의사가 둘 사이를 떼어 놓으려 하지만, 그것은 마리아의 건강에 대한 염려 때문이다. 오히려 그는 마리아가 세상을 떠난 후, 마리아 어머니와의 사랑의 비밀을 털어놓으면서 마리아에 대한 사랑을 인류를 향한 사랑으로 발전시켜 사랑이 계속 이어지게 하라고 충고한다.

나의 어머니는 따스한 품으로 나를 품어 주는 무한히 다정한 존재이다. 후작 부인 역시 어린아이의 무분별함을 속 깊게 이해하는 사람이다. 그녀는 내가 예의에 어긋난 행동을 해도 너그러운 웃음으로 받아 주고, 금팔찌 사건에 대해서도 큰 책임을 묻거나 나무라지는 않는 사려 깊은 모습을 보여 준다.

인물 간의 대립이나 갈등으로 점철되는 이야기들, 악한 사람들의 술수에 휘말려 고통을 겪는 착한 사람들의 이야기는 꽤 흥미진진하다. 하지만 그런 이야기를 통해 인간의 악한 속성을 적나라하게 확인하고 나면 사람에 대한 두려움만 남는다. 그러나 이 작품 속에서 만난 결이 고운 인물들은 내가 어머니의 품에서 무한한 안정과 평화를 느끼는 것처럼 우리에게 깊디깊은 신뢰와 안식을 준다.

극단적인 악인이나 방해꾼으로 갈등을 극대화시켰다면 이야기는 아마도 몇 배 흥미진진해질 것이다. 그러나 정말로 그랬다면 이 작품은 고전의 반열에 드는 것이 아니라, 한 시대에 유행했던 그저 그런 사랑 이야기로만 남게 되지 않았을까?

작가는 인간에 대해 긍정적 시선을 가지고 있었던 것 같다. 그렇기에 우리가 이겨 내야 할 대상은 다른 인간이 아니라, 자신의 결단 부족, 또는 사랑이나 인생의 본질에 대한 여물지 않은 생각임을 알려 주고 싶었는지도 모른다.

자신의 사상을 오롯이
한 편의 소설에 담아낸 막스 뮐러

프리드리히 막스 뮐러는 사실 소설가로 유명하기보다는 종교학, 동양학, 비교언어학의 세계적 권위자로 더 큰 이름을 남겼다. 소설 작품은《독일인의 사랑》단 한 권뿐인 데 비해, 자신의 전문 분야에서 수많은 논문과 학술집을 남겼고, 또 서구에서 처음으로 인도에 관한 학문 분야를 시작한 사람으로도 아주 유명하다.

뮐러는 1823년에 독일 데사우에서 태어났다. 아버지인 빌헬름 뮐러는 저명한 고전 문헌학자이자 서정 시인이었다. 그의 아버지는 자신의 집에 학자와 시인, 작곡가들을 초대해 문화와 사상에 대해 자유로운 담론을 나누었다. 그러나 뮐러는 이러한 문화적 혜택을 받고 자랄 수 없었다. 그가 네 살이 되던 해에 아버지는 서른셋이라는 젊디젊은 나이로 세상을 떠났기 때문이다.

하지만 아버지의 재능은 사라지지 않고 그에게 유전된 덕분에, 그는 학자로서 뛰어난 업적과 함께《독일인의 사랑》이라는 아름다운 소설을 남겼다. 거기에 음악을 사랑하는 어머니의 영향으로 예술에도 깊은 관심과 애착을 보였다.

뮐러는 데사우에서 김나지움(독일의 9년제 중등 교육 기관)을 마친 후 1841년에 라이프치히 대학에 입학하여 라틴 어와 그리스 어, 철학 공부에 매진한다. 워낙 실력이 뛰어났기 때문에 입학 후

아름다운 시가 음악을 만나 더욱 빛을 발하다

'성문 앞 우물 곁에 서 있는 보리수. 나는 그 그늘 아래 단꿈을 보았네……'

슈베르트의 연가곡집 《겨울 나그네》 중 우리에게 가장 널리 알려진 〈보리수〉의 가사이다. 이 노래와 함께 자연스럽게 떠오르는 인물이 바로 프리드리히 막스 뮐러의 아버지인 빌헬름 뮐러이다.

빌헬름 뮐러는 후기 낭만파에 속하는 서정 시인이다. 1794년 독일 데사우에서 태어나 1827년 서른셋의 젊은 나이에 심근경색으로 사망했다. 민중적 심정이 담긴 낭만적인 시를 많이 썼는데, 특히 그리스 해방 전쟁의 감격을 노래한 《그리스 인의 노래》로 명성이 높아져 '그리스 인 뮐러'라고도 불렸다.

빌헬름 뮐러의 시는 읊기 쉬운 맑고 깨끗한 민요풍의 시구가 특징이다. 각 시행의 음절 수를 철저하게 지킨 덕에 노래로도 부르기가 쉬운 편인데, 그 점이 슈베르트가 곡을 붙이는 데 도움을 주었을 것이다. 어느 날 슈베르트는 친구 집을 방문했다가, 그의 책상 위에 놓여 있는 빌헬름 뮐러의 시집을 보고 큰 영감을 받아 곧바로 곡을 쓰기 시작했다. 그렇게 하여 《아름다운 물방앗간 아가씨》, 《겨울 나그네》 등의 가곡집이 탄생하게 되었다.

독일의 시인 하이네는 빌헬름 뮐러야말로 진정한 독일 시인이라며 높이 평가하였다. 그는 1826년 뮐러에게 보낸 편지에 이렇게 말했다.

"당신의 시에서 내가 바라는 순수한 울림과 진정한 소박함을 발견했습니다. 당신의 시는 그지없이 순수하고 맑습니다. 그 자체가 모두 민요이지요. 내가 괴테와 당신 말고는 그 어느 시인도 좋아하지 않는다고 말씀드리지 않을 수 없군요."

빌헬름 뮐러의 초상화

독일 데사우에 있는 빌헬름 뮐러의 묘지

이 년 만에 〈스피노자의 윤리학에 대한 연구〉라는 논문으로 박사 학위를 받는다. 또한 언어 습득에 상당한 재능을 보여 그리스어나 라틴 어뿐만 아니라 페르시아 어, 산스크리트 어 등을 익혔다. 특히 고대 인도의 정신 문화와 고대 인도어에 대해 깊은 관심을 갖고 있었는데, 이것은 나중에 비교언어학과 종교학을 발전시키는 촉매제가 되었다.

이후 베를린 대학으로 옮긴 뮐러는 그곳에서 프란츠 보프를 만나는데, 그의 도움으로 인도·게르만 어 연구에 눈을 떴다. 또 셸링, 쇼펜하우어 같은 대사상가들과 학문적인 교류를 나누기도 하였다. 특히 셸링은 뮐러에게 종교사와 언어사를 연결시키는 연구 방법을 제시하여 큰 도움을 주었다.

1845년, 뮐러는 인도·게르만 어와 비교언어학의 권위자인 뷔르누프의 가르침을 받기 위해 파리로 갔다. 그 후 영국 옥스퍼드로 거처를 옮겼다가, 아예 영국으로 귀화하였다. 1850년에는 옥스퍼드 대학의 교수가 되었고, 연구에 몰두하여 비교언어학과 비교종교학 및 비교신화학의 과학적 방법론을 확립하였다. 이러한 학문적 성과 덕분에 1857년에 옥스퍼드 대학에서 명예 학위를 받았고, 1858년에는 올 소울즈 칼리지의 평생 회원이 되었다.

인도에서 발행된 막스 뮐러 기념 우표. 노인이 된 뮐러의 모습이 담겨 있다.

뮐러는 1859년에 조지아 애들레이드라는 여인과 결혼하여 네 명의 자식을 낳았다. 그중 아들인 빌헬름 막스 뮐러 역시 아버지처럼 학문에 재능을 보여, 후에 미국에서 동양학자로 명성을 얻었다.

1866년, 뮐러는 옥스퍼드 대학에 재직하

면서 《독일인의 사랑》을 발표하였다. 이것은 그의 유일한 문학 작품이지만, 몇 백 년이 흐른 지금까지도 막스 뮐러라는 이름을 우리의 뇌리에 각인시키는 위대한 작품이 되었다.

그는 평생에 걸쳐 연구 활동을 게을리하지 않고 끊임없이 저작물을 쏟아 냈다. 인도의 경전인 《리그베다》를 독일어로 번역하였고, 《언어학 강의》, 《종교의 기원과 생성》, 《신비주의학》 등을 썼다.

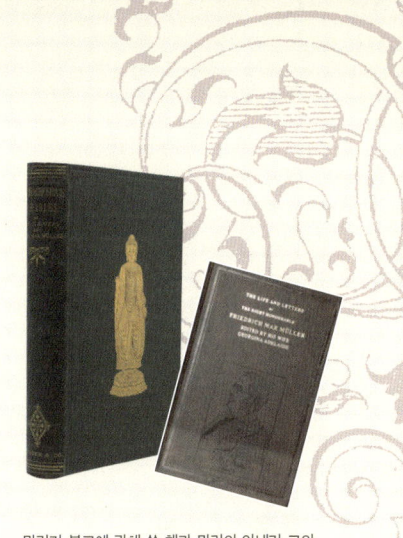

뮐러가 불교에 관해 쓴 책과 뮐러의 아내가 그의 편지와 원고들을 모아 엮은 자서전

특히 1875년부터 출간하기 시작한 《동방 성서》는 힌두교, 불교, 조로아스터교, 이슬람교, 중국의 경전이 포함된 대작으로 총 오십 권으로 구성되었다. 이 시리즈는 그가 세상을 떠날 때에도 세 권이 미처 출간되지 못하고, 이후 다른 학자들에 의해 완성되었다.

1898년부터 뮐러의 건강은 급격히 나빠지기 시작했다. 그런 와중에도 이듬해에 《인도 6파 철학》을 출간하며 학문에 대한 식지 않는 열정을 보여 주었다. 또 이 시기에 에세이와 자신의 자서전에 쓸 원고들을 남겼는데, 그가 죽고 난 후 뮐러의 부인인 애들레이드가 이 원고를 모아 책을 펴내기도 하였다.

1900년 10월 28일, 일흔일곱 살의 뮐러는 자신에게 어느새 고향이 되어 버린 옥스퍼드에서 조용히 생을 마감하였다.

푸 른 숲
징 검 다 리
클 래 식
0 3 1

독일인의 사랑

첫판 1쇄 펴낸날 2011년 1월 28일
6쇄 펴낸날 2023년 10월 10일

지은이 F. 막스 뮐러　옮긴이 장혜경
펴낸이 김혜경　편집인 김수진
주니어 본부장 박창희
편집 강정윤 정예림 조승현
디자인 전윤정 김혜은
마케팅 최창호 임선주
경영지원국 안정숙
회계 임옥희 양여진 김주연

펴낸곳 (주)도서출판 푸른숲
출판등록 2003년 12월 17일 제2003-000032호
주소 경기도 파주시 심학산로 10, 우편번호 10881
전화 031) 955-9010　팩스 031) 955-9009
홈페이지 www.prunsoop.co.kr　인스타그램 @psoopjr
이메일 psoopjr@prunsoop.co.kr

ⓒ푸른숲주니어, 2011
ISBN 978-89-7184-913-2　44850
　　　978-89-7184-464-9 (세트)

＊ 잘못된 책은 구입하신 서점에서 바꾸어 드립니다.
＊ 이 책 내용의 전부 또는 일부를 재사용하려면 저작권자와 푸른숲주니어의 동의를 받아야 합니다.